ハヤカワepi文庫
〈epi 5〉

心臓抜き

ボリス・ヴィアン
滝田文彦訳

epi

早川書房
4768

L'ARRACHE-CŒUR

by

Boris Vian
Published 2001 in Japan by
HAYAKAWA PUBLISHING, INC.

心臓抜き

序文

ボリス・ヴィアンは教育がある育ちのよい男である。彼は国立高等工芸学校を卒業する、それはたいしたことだ、だが、まだそれだけではない。

ボリス・ヴィアンは誰よりも巧みにトランペットを演奏した、彼はフランスにおける地下クラブの改革者の一人だった。彼はニューオーリンズ・スタイルを擁護した、だが、まだそれだけではない。

ボリス・ヴィアンはまたビバップを擁護した、だが、まだそれだけではない。

ボリス・ヴィアンはヴァーノン・サリヴァンの名前で『墓に唾をかけろ』を書いたため、人びとの裁きを受けた、だが、まだそれだけではない。

ボリス・ヴィアンは他に三冊の偽書《プスデピグラフ》を書いた、だが、まだそれだけではない。

ボリス・ヴィアンは正真正銘のアメリカの作品、しかも言葉の上でもものすごくむずかしい作品を翻訳した、だが、まだそれだけではない。

ボリス・ヴィアンは『屠畜屋入門』という戯曲を書いた、それは本物の俳優によって本物の舞台で上演された、もっとも彼はずいぶん手荒にやってのけたのだが、だが、まだそれだけではない。

ボリス・ヴィアンはパリ最高の秘密結社の一つ〈学問《サヴアン》・冒険《チユリエ》クラブ〉の創立者の一員である、だが、まだそれだけではない。

ボリス・ヴィアンは奇妙かつ胸に迫る見事な作品を書いた――現代においてもっとも悲痛な恋愛小説『うたかたの日々』、戦争に関してもっとも白蟻《しろあり》的な短篇『蟻』、難解で正しく認められていない作品『北京の秋』、だが、まだそれだけではない。

なぜなら、それらはまだみんなたいしたことではないからである。ボリス・ヴィアンはボリス・ヴィアンになろうとしている。

レーモン・クノー

I

1

八月二十八日

　小道は断崖に沿って走っていた。道の縁にはカラミーヌが花を咲かせ、そしていくぶんしぼんだブルイユーズの黒くなった花びらが地面に散らばっていた。とんがった虫が地面に無数の小さな穴を掘っていた。足の下は、まるで凍え死んだ海綿のようだった。

　ジャックモールは急がず道を進み、カラミーヌが暗紅色の心臓を日光に脈打たせるのをながめた。鼓動のたびに、花粉の雲が舞い上がり、ゆらゆらと震える葉の上に落ちた。ぼんやりと、蜜蜂たちは休んでいた。

　断崖の下からは、やさしくしゃがれた波の響きがのぼってきた。ジャックモールは足を止め、虚空から彼を隔てる狭い縁の上に身を乗り出した。下方では、すべてがはるかに遠く切り立っていて、岩のくぼみで泡が七月の霜のように震えていた。海藻をとろ火で煮るような匂いがした。ジャックモールは目がくらんで、土にまみれた夏草の上に膝をつき、両手をのばして大地にさわった。片手が奇妙にいびつな輪郭の山羊の糞《ふん》に触れた。彼は動物たちのうちに一匹だけ、もう絶滅した種族だと思っていたソドムの山羊の存在を確信したのだった。

もう、前ほどこわくなくなったので、思いきってまた断崖に身を乗り出した。巨大な赤い岩の壁面が、深くはない水のなかに垂直に落ち、ほとんどまたすぐにせり上がってきて、ジャックモールが頂上でひざまずいて身を傾けている赤い断崖を形づくっていた。

ところどころに黒い暗礁が、磯波に油をひかれ、水煙の輪をかぶせられて、水中から姿をあらわしていた。太陽は海面を腐食させ、みだらな落書きでけがしていた。

ジャックモールは立ち上がり、また歩きだした。道は曲がっていた。左手に、すでに焦げ茶色の染みのついた羊歯《しだ》と、花が咲いたヒースが見えた。むきだしの岩の上には、帆船で運ばれてきた塩の結晶が光っていた。大地は内陸のほうに向かって、切り立った傾斜をなして高まっていた。小道は、ところどころまだ新しい山羊の糞の目印がついた、黒い花崗岩の荒々しい堆積の回りをめぐっていた。山羊は全然いない。糞のせいで、税関吏たちが殺していたのだ。

彼は歩みを速めた。そして突然、影のなかにはいった、というのも、太陽の光線ももうそこまではついてこなかったからである。涼しさにほっとして、彼はさらに足を速めた。そしてカラミーヌの花が、つながった火のリボンとなって目の前をすぎていった。

いくつかの兆候から、彼はもう間近なのを知り、とんがった赤毛の髭をととのえるよう気をつけた。それからまた、元気よく出発した。一瞬、侵食作用によっておしゃぶり形に削られて、巨大な間道の柱のように小道を囲んだ二本の花崗岩の突起《ピトン》のあいだに、〈家〉が完全に姿をあらわした。道がまた曲がって、家は視界から隠れた。それは断崖からかなりの距離の、非常に高いところにあった。二つの黒っぽい塊のあいだを通りすぎると、家は真白く、異様な木々に囲まれた姿を完全に示した。一本の明るい線が正面の門を離れて、のろのろと丘の上を蛇行し、走り終わった先で小道と合体していた。ジャックモールはそれに足を踏み入れた。斜面のほとんど頂上まできたとき走り出した、というのは叫び声がきこえたからである。

大きく開いた門から玄関の階段のところまで、用意周到にも一本の赤い絹のリボンが張られていた。リボンは家のなかの階段をのぼり、寝室に達していた。ジャックモールはそれについていった。ベッドの上で、分娩の百十三の苦しみにさいなまれた母親がやすんでいた。ジャックモールは皮の医療具入れを取り落として、袖をたくしあげ、加工してない溶岩製の飼桶《かいおけ》のなかで手を石鹸で洗った。

2

たった一人部屋のなかで、アンジェルは自分が苦しまないのに驚いていた。彼は隣の部屋で妻がうめくのをきいていた、だが、その手を握りにいくことはできなかった、妻が拳銃で脅したからである。彼女は誰もいないところで叫び声を上げたがった、というのは自分の大きな腹を憎み、こんな状態で人に見られたくなかったからである。二カ月来、アンジェルは万事が終わるまで一人で暮らしていた。つまらない考えにふけった。彼はまたよく部屋のなかをぐるぐる歩き回った、ルポルタージュで囚人は獣のように歩き回ることを知っていた。だがどんな獣か？　彼は眠り、妻の尻のことを考えて眠ろうと努めた、というのも腹が腹だったので、背中側から彼女のことを考えるほうがよかったからである。二晩に一度は、飛び上がって目を覚ました。悪いことがしでかされていることが多かった、だがそれは全然満足がいくようなものではなかった。

ジャックモールの足音が階段に響いた。と同時に、妻の叫び声がやみ、アンジェルは呆然としていた。そっとドアに近づいて見ようとした、だが、ベッドの脚に隠れて他のものはなんにも見えなかった、で、右目を痛いくらいゆがめてみたが、たいした効果はなかった。彼は身を起こして、誰にたいしてというのでもなく耳をそば立てた。

3

ジャックモールは石鹸を飼桶《かいおけ》の縁において、タオルをつかんだ。手をぬぐって、医療具入れを開いた。手近の電気ポットのなかで、水がうごめいていた。ジャックモールはそこで指サックを殺菌し、巧みに指を動かした、そしていったいどうなっているのか見ようとして、女の体をむきだしにした。

見終わって体を起こし、うんざりしたような調子で言った。

「三つ児ですな」

「三つ……」と、びっくりして母親はつぶやいた。

それから彼女は、突然、腹がたいそう痛いのを思い出したので、また泣き叫びはじめた。

ジャックモールは医療具入れから、何粒かの強壮剤の丸薬を取り出して飲んだ、たぶん必要なことになるだろう。それから、柄《バ》のついた湯たんぽ《シノワール》をはずして、奉公人たちを上ってこさせるため床をがんとたたいた。階下を走る音、それから階段をかけ上がる音がきこえた。中国の人が埋葬のときに着るような白い服で、メイドが姿をあらわした。

「器具を準備しろ」と、ジャックモールは言った。「なんて名前だね？」

「キュブランと申します、旦那さま」と、彼女はひどい田舎なまりで答えた。

「じゃあ、あんたの名前を呼ぶのはよしとこう」と、ジャックモールはぶつくさ言った

（キュブランは「白い尻」の意味になる）。娘はなんにも言わなかった、そしてニッケル・メッキをしたものを磨きはじめた。彼はベッドに近づいた。突然、女は黙った。苦痛に侵されていたのである。

ジャックモールは医療具入れのなかのある道具をつかんだ、そして熟練した手で恥骨のところを剃《そ》った。それから、白い絵具の線で、手術する個所を囲んだ。メイドはいくぶん呆然として彼のすることをながめていた、というのも彼女の産科学的知識は、ほとんど雌牛のお産以上に出なかったからである。

「『ラルース医学辞典』はないかな？」と、ジャックモールは絵筆をかたづけながら尋ねた。

そう言ってかたづけおえると、彼は作品の上にかがみ込んで、もっと速く乾くよう絵具を息で吹いた。

「『サン＝テチエンヌのフランス武器・自転車製造所総カタログ』（フランスの家庭に広く流布した、器具・道具類のカタログ）しかありません」と、メイドは答えた。

「そいつはうんざりだな」と、ジャックモールは言った。「それでもなんかの役には立つだろう」

答えはきかずに、彼は部屋のなかにあてもなく目を走らせた、と、アンジェルがその背後で退屈しているドアが目にとまった。

「あのドアの背後で退屈してるのは誰かね？」と、彼は尋ねた。

「旦那さまです……」と、メイドは答えた。「閉じこめられているんです」

そのとき、麻痺状態から覚めて、母親はつづけざまに非常に鋭い叫びを発した。拳がひきつり、そしてゆるんだ。ジャックモールはメイドのほうを振り返った。

「盥《たらい》はあるかね？」と、彼は尋ねた。

「いっちょう探してきます」と、メイドは答えた。

「さあ、行くんだ、この馬鹿」と、ジャックモールは言った。「シーツを一組、産婦にだいなしにされたいかね？」

メイドは猛烈な勢いで出ていった、そして階段で顔をぶっつける音をきいて、ジャックモールは満足した。

彼は女に近づいた。恐怖におびえた顔をやさしくなでた。女はひきつった両手で彼の手首を捕えた。

「ご主人の顔が見たいですか？」と、彼は尋ねた。

「ええ！　ええ」と、彼女は答えた。「でもその前にまず拳銃をください、戸棚のなかの……」

ジャックモールは頭《かぶり》を振った。メイドが、犬の毛を掃除する楕円形の盥《たらい》をもって帰ってきた。

「これしかありません。これで我慢してください」

「それを腰の下に押し込むのを手伝ってくれ」と、ジャックモールは言った。

「縁《ふち》がやぶけますよ」と、メイドが注意した。

「たぶんね」と、相手は言った、「こうやって腰を罰してやるのさ」

「馬鹿げてますわ」と、メイドはつぶやいた。「なんにも悪いことはなさらなかったのに」

「じゃあ、なにかいいことはしたかね？」

太った母親の背中が、平たい盥の縁に横たわっていた。

「さてと」と、ジャックモールは溜め息をついた、「どうやってはじめるかな？　こんな仕事ってのは、まったく精神科医のやることじゃないな……」

4

彼は自分でも迷いながら考えていた。産婦は沈黙し、そしてメイドはじっと動かぬまま、表情のない顔で彼のことを眺めていた。

「ずいぶん水気が出るでしょうね」と、彼女が言った。

ジャックモールは逆らわずに賛成した。それから、はっとして頭を上げた。光が暗くなっていた。

「太陽がかげったのかね?」と、彼は尋ねた。

メイドは見にいった。光が断崖の背後に飛び去り、音もなく風が起こったところだった。

メイドは不安そうに戻ってきた。

「いったいどうしたんでしょう……」と、彼女はつぶやいた。

部屋のなかでは、もはや暖炉の鏡の回りの、燐のような光以外なにも見分けられなかった。

「すわって待つことにしよう」と、ジャックモールは静かな声で提案した。

窓からは、苦い草と埃の匂いが立ちのぼってきた。光は完全に消え失せていた。部屋の影のくぼみで、母親がしゃべりだした。

「もうつくらない。二度と子供なんか欲しくない」

ジャックモールは耳をふさいだ。彼女は銅器を爪で引っかくような声を出した。メイドは恐怖におびえてすすり泣いた。声はジャックモールの頭のなかに侵入し、脳髄を突き刺した。

「子供たちが出てこようとしてるわ」と、母親はとげとげしく笑って言った。「出てきてわたしを苦しめようとしてるわ、そしてそれはまだほんのはじまりなの」

ベッドがぎしぎし鳴りはじめた。沈黙のうちで母親はあえいでいた、そしてまた声が言いはじめた。

「何年も何年もつづくでしょう、一刻一刻がたぶん目標になるでしょう、こうした苦しみのすべてがそのためにしか、たえずわたしを苦しめるためにしか役立たなかったことになるんだわ」

「もうたくさんだ」と、ジャックモールははっきりつぶやいた。

母親は、いまや喉も張り裂けんばかりに咆哮していた。精神科医の目は、鏡から放射される微光に慣れてきた。彼は、体を弓なりにして全身の肢体で努力する、横たわった女を眺めた。彼女はあいついで長い叫び声を発した、そしてその声はジャックモールの耳に、あたかも肌を刺す張りついた霧のヴェールのように鳴り響いた。突然、持ち上げられた両脚の二面角のあいだに、一つまた一つと、もっと色の明るい二つの斑点があらわれた。彼は、メイドが恐怖を忘れて二人の子供をつかもうとする動作に気づいた、そしてメイドは子供を白布でくるんだ。

「もう一人だ」と、彼は自分に言いきかせるため言った。

母親はさいなまれて、断念しかかっているように見えた。ジャックモールは立ち上がった。三番目の赤子があらわれたとき、彼は巧みにつかんで、産婦を助けた。女は気力がつきて倒れた。闇が音もなく破れ、光が部屋に差し込んできた、そして女は頭を横に向けてやすんでいた。分娩の苦しみに痛めつけられた顔には、大きな隈《くま》ができていた。ジャックモールは額と首の汗をぬぐい、戸外の、庭の物音がきこえてくるのに驚いた。メイドは最後の赤子を包み終わり、他の二人と並べてベッドに寝かせた。彼女は戸棚のところまでいって、一枚のシーツを取り、それを細長く広げた。

「お腹《なか》を巻いてあげるんです」と、彼女は言った。「奥さまはお眠りにならなくちゃいけません。あなたは、もう用ありません」

「臍《へそ》の緒《お》を切ったかね？」と、ジャックモールは尋ねた。「固くしばってやりたまえ」

「花結びにしました」と、メイドは言った。「それでもほどけませんし、そのほうが優雅ですから」

彼はあっけにとられて、同意した。

「旦那さまを見てきてください」と、メイドは言った。

ジャックモールは背後でアンジェルが待っているドアに近寄った。鍵を回してはいった。

5

アンジェルは背を丸く折り曲げ、まだクレマンチーヌの叫びを体に反響させながら、椅子にすわっていた。錠の鳴る音に、彼は頭を上げた。精神科医の赤い髭に驚いた。

「わたしはジャックモールと申します」と、医師は説明した。「道を歩いていたら、叫び声がきこえたもんですから」

「クレマンチーヌのですね」と、アンジェルは言った。「万事順調でしたか？　すみましたか？　どうなんです？」

「あなたは三人の父親ですよ」と、ジャックモールは言った。

アンジェルはびっくりした。

「三つ児ですか？」

「双子ともう一人別にです」と、ジャックモールは正確に述べた。「その子はあきらかにあとから出てきました。これは個性が強いしるしです」

「彼女は元気ですか？」と、アンジェルは尋ねた。

「元気です」と、ジャックモールは答えた。「もう少ししたらお会いになれますよ」

「彼女はわたしのことをひどく怒っているんです」と、アンジェルは言った。「わたしを閉じこめたんです」

そして、慣習につられて言い添えた。

「なにか召し上がりますか？」

彼は辛そうに立ち上がった。

「いや」と、ジャックモールは言った。「今はけっこうです」

「あなたはここへなにをしにいらしたんですか？」と、アンジェルが尋ねた。

「休暇《ヴァカンス》ですか？」

「ええ」と、ジャックモールは言った。「お宅においていただくのもけっこうだと思います、そうおっしゃってくださるんですから」

「あなたがいてくださって運がよかったです」と、アンジェルは言った。

「医者はいないんですか？」と、ジャックモールは尋ねた。

「わたしは閉じこめられていました」と、アンジェルは言った。「面倒をみてやれませんでした。メイドが万事やったはずです。献身的ですから」

「そうですか！……」と、ジャックモールは言った。

二人は黙った。ジャックモールは開いた五本の指で赤毛の髭を梳《と》かした。部屋の日光のなかでその青い目が光っていた。アンジェルはしげしげと彼を眺めた。精神科医はごく柔らかい布地の黒いスーツを着て、ズボンは靴の裏にかけて留める紐がついてぴったりとし、上着は丈が長くてボタンが上のほうまでつき、がっしりした体格を華奢に見せていた。足には黒いエナメル革の穴あきのサンダルをはき、藤色のサテンのシャツが襟の三日月形のところで泡立っていた。彼はおかしいくらいシンプルだった。

「あなたが滞在してくださって満足です」と、アンジェルは言った。

「さあ、奥さんに会いにいらっしゃい」と、相手は言った。

6

クレマンチーヌは身動きしなかった。彼女はすっかり平べったくなって、目を天井に向けて休んでいた。二人の赤ん坊は彼女の右手に、もう一人は左手にいた。メイドが部屋をかたづけてあった。日光が音もなく、開いた窓の縁のところに流れていた。

「明日、離乳させなくちゃいけませんね」と、ジャックモールは言った。「二人プラス一人じゃ乳がやれませんし、それにそのほうが早いですし、第三に胸が美しく保てますからね」

クレマンチーヌは身動きして、頭を二人のほうに向けた。彼女はきびしく両目をあけて、しゃべった。

「自分で乳をやります。三人とも。そうしたって胸の格好は悪くなりません。悪くなったってしかたがないわ。どっちみち、わたしはもう誰にも好かれようなんて気はないんですから」

アンジェルは近づいて、彼女の手を愛撫しようとした。彼女はふりほどいた。

「たくさんよ」と、彼女は言った。「今さらもう一度はじめようなんて気はないわ」

「いいかい」と、アンジェルはつぶやいた。

「行って」と、彼女は疲れた調子で言った、「今はあなたの顔を見たくないわ。とっても苦しかったんだから」

「気分がよくなりはしないかい？」と、アンジェルは尋ねた。『ほら、ごらん……あんなにきみがいやがってたお腹《なか》がさ。もうなくなってるよ」

「それにそうやってシーツを巻いてれば」と、ジャックモールが言った、「回復なさったときには、跡はのこりませんよ」

クレマンチーヌははげしい努力をして、半ば体を起こした。彼女は低いヒューヒューささやくような声で話した。

「わたしが気分がよくならなくっちゃいけないって言うの、え？……こんなに……すぐあとで……お腹がめちゃめちゃになって……背中は痛いし……骨盤の骨はひん曲がって苦しくて、目は赤い脈でいっぱいだというのに……わたしは直って、とってもおとなしくして、すっかり平らになったきれいな体の線をして、固いきれいな胸を取り戻さなくちゃならないって言うの……あなたや別の男の人がきて、わたしを押しつぶし、男のきたないものをかけ、そしてもういっぺんはじまって、わたしがぐあい悪くなり、重くなり、血を流したりするために……」

はげしい動作で、彼女は毛布の下に腕を差し込み、体を巻いていたシーツを引っぱがした。アンジェルがなにか身ぶりをした。

「近寄らないで！」と、彼女があまりにも憎しみがこもった声で言ったので、夫は押し黙って止まった。「出ていって。二人とも！　あんたはわたしをあんな目に遭わしたし、それからあなたは、わたしのあんな姿を見たんだから。行って！……出てって！」

ジャックモールは戸口に向かい、アンジェルもあとにしたがった。アンジェルがちょうど通路にさしかかったとき、妻が投げた丸くまるめたシーツが首すじに当たった。彼はよろめき、額をドアの枠にぶち当てた。ドアが彼を追い出すようにまた閉じた。

7

二人は赤いタイルを張った階段を降りていったが、それは二人が歩く足の下で震えた。家はたっぷり黒い大梁《おおはり》と石灰塗りの壁を使って建てられていた。ジャックモールはなにか言うことを探した。

「もうじきよくなりますよ……」と、彼は言ってみた。

「うーん……」と、アンジェルは答えた。

「胸が痛みますかね？」と、精神科医は言った。

「いや」と、アンジェルは言った。「わたしは二カ月間閉じこめられていたんです。ですから」

彼はむりに笑おうとした。

「また自由な身になったかと思うと変な気がしますよ」

「その二カ月のあいだなにをしてたんです？」と、ジャックモールは尋ねた。

「なんにも」と、アンジェルは言った。

二人は階段とおなじく赤い砂岩を床に張った、大きな広間を横切っていた。家具はほとんどなかった。明るい色の木材でできたどっしりしたテーブル、おなじ木材の低い食器戸棚、そして壁には二、三のとてもきれいな白っぽい絵。よく調和した椅子。アンジェルは食器戸棚のそばで立ちどまった。

「なにか飲むでしょ？」と、彼は言った。

「喜んで」と、ジャックモールは答えた。

アンジェルは自家製のノルストシュニックを二杯グラスに注いだ。

「こりゃうまい！」と、ジャックモールは認めた。

相手が返事しなかったので、彼は言い添えた。

「全体的に言って、父親になるってことはどうですね？」

「おもしろかあないですね」と、アンジェルは言った。

8

八月二十九日

クレマンチーヌは一人だった。部屋には物音一つしない。ときどき、カーテンの下に日光が打ち寄せる音を別にすれば。

ほっとして、すっかりぼんやりして、彼女は両手を平たく柔らかい腹の上に走らせた。ふくれた乳房が重くのしかかっていた。彼女は自分の体にたいして、ある悔やみ、後悔、恥を感じた、そして昨日投げ捨てたシーツのことを忘れた。指が首と肩の回り、異常な胸の腫《は》れをなで回した。いくぶん熱すぎた、たぶん熱があるのだろう。

ぼんやりと、窓から村の遠いざわめきがきこえてきた。野良仕事の時刻だった。暗い家畜小屋から、罰せられた家畜のほえる声がのぼってきた、だが、家畜どもはそのふりをしているほど怒ってはいなかった。

彼女のそばには、不潔な赤子《あかご》どもが眠っていた。彼女は軽い嫌悪にためらいを感じながら、その一人をつかまえて、腕をのばして頭上にささえた。その子は薔薇色で、蛸《たこ》に似た湿った小さな口をし、皺のよった肉のような目をしていた。彼女は顔をそむけて、片方の乳房を出し、不潔な赤子を近づけた。口のなかに乳房の端を入れてやらねばならなかった、と、子供は拳を痙攣させて、頬をくぼませた。いやしい喉の音をたてて吸い、すぐに一口飲み込んだ。あまり気持らがよくはなかった。そいつはいくぶん重荷を取り除くとともに、いくぶん傷つけもした。乳房が三分の二ほど空《から》になると、赤子は両手を離し、薄ぎたなく鼾《いびき》をかきながら、完全になすがままになった。クレマンチーヌはその子をわきにおいた、と、子供は鼾をかきつづけながら、眠りのなかでなおも吸いつづけて、口を奇妙に盛んに動かした。頭蓋《ずがい》にはみすぼらしい産毛《うぶげ》が生えていて、顋門《ひよめき》が不安を感じさせるようにぴくぴく動いていたので、その真中を押さえて止めてやりたいくらいだった。

　家が鈍いショックで鳴り響いた。階下の重い扉がしまり、ジャックモールをアンジェルが外へ出ていったのだった。クレマンチーヌは、かたわらに眠っている三つの物の生殺与奪の権をにぎっていた。それは彼女しだいだった。彼女は重くて痛い乳房をさすった。三人の子を育てていくのに足りるだろう。

　第二の赤子がむさぼるように、兄弟が放棄したばかりの褐色の乳首に飛びついた。その子はひとりで乳を吸い、そして彼女は伸びをした。ジャックモールとアンジェルの足音が、中庭の砂利の上できしっていた。赤子は飲んだ。第三の赤子が眠りのなかで身動きした。彼女はその子を持ち上げて、もう一方の乳房をあたえた。

9

庭は一部が断崖に引っかかったようになっていた、そしてさまざまな種類の木が、行こうと思えば行けるが、ふつうには自然の状態のまま放置された切り立った部分に生えていた。葉むらの裏側は青紫色で、表はやわらかい緑色で、白い葉脈がはいっているカライオスがあった。糸状の茎を持ち、異形の節がこぶのようについて、血のメレンゲのように乾いた花を咲かせる野性のオルマード、真珠色の艶があるレヴィオルの茂み、南洋杉の低い枝にひっかかり、いっぱいクリームのつまったガリイアの長い房、シルト、青いマヤンジュ、生きた小さな蛙を厚い緑の絨毯のあいだに隠しているいろいろな種類のかわぢしゃ、コルマランや、カナイスや、サンシエールの生け垣、百千の花があるいは活発に、あるいはつつましく、岩角に隠れ、庭の塀に沿ってカーテンのように広がり、海草さながらに地面を這い、いたるところに噴出し、または格子の門の金《かね》の棒のまわりにこっそりしのび込んでいた。もっと上のほうでは、水平になった庭は、砂利を敷いた小道に仕切られて、よく育ったさわやかな芝地にわけられていた。さまざまな木が、でこぼこした幹で地面をえぐっていた。

そこにアンジェルとジャックモールは、不眠の一夜に疲れて散歩にやってきたのだった。さわやかな海の空気が、断崖全体に水晶のおおいをかけていた。上空には、太陽の代りに四角い輪郭のくぼんだ炎があった。

「いい庭ですね」と、ジャックモールはごく平凡に言った。「だいぶ前からここにお暮らしですか？」

「ええ」と、アンジェルは言った。「二年です。いろいろと良心の悩みがありましてね。わたしはずいぶんたくさんのことに失敗しました」

「まだ余分があったってわけですね」と、ジャックモールは言った。「それだけじゃすまなかったんですよ」

「ほんとです」と、アンジェルは言った。「でも、そのことを発見するのに、あなたより時間がかかりました」

ジャックモールはうなずいた。

「わたしはあらゆることを人に打ち明けられます」と、彼は言った。「で、ついには人びとがなにを考えているかわかるようになります。ところで、だれか精神分析の実験台になるような人間はいませんかね？」

「いっぱいいますよ」と、アンジェルは言った。「なさりたいときにはメイドがいますし。それに村の連中だって拒絶はしないでしょう。いくぶん粗野な人間ですが、楽しくて裕豊な人たちです」

　ジャックモールはもみ手をした。

「たくさんの人間がいることになります。わたしは精神状態をたくさん使用しますからね」

「どうやってですか？」と、アンジェルが尋ねた。

「わたしがなんでここにきたのかをお話ししなくちゃなりませんね」と、ジャックモールは言った。

「わたしは実験のために静かな片田舎を探していたんです。いいですか。ちびのジャックモールはうつろな容積であると想像してごらんなさい」

「樽みたいなもんですか？」と、アンジェルは言った。「で、飲んだんですか？」

「いいえ」と、ジャックモールは言った。「わたしは空《から》なんです。身ぶり、反射、習慣などしかありません。わたしは自分を満たしたいんです。だからこそ、わたしは人びとを精神分析するんです。ですが、わたしの樽はダナイデスの樽（ダナオスの五十人の娘たち＝ダナイデスの神話。夫を殺した罪により、底の抜けた樽で水を汲む罰を受ける）です。わたしは同化しません。人びとの思想、コンプレックス、ためらいを取ります、ですがわたしにはなんにも残りません。同化しない、というか同化しすぎる……そいつはおなじことです。もちろん、わたしは言葉、容器、レッテルは取っておきます。わたしは情熱や感動を整理するための用語は知っていますよ、でも、自分でそれを感じる

「でもやっぱりその実験をしたいという欲望はおありになるわけでしょう？」と、アンジェルは言った。

「じゃあ、その実験ですが」と、アンジェルは言った。

ことはないんです」

「もちろんです」と、ジャックモールは言った。「わたしはその実験にたいする欲望を持っています。ところでどんな実験ですかね？　いいですか。わたしは全的な精神分析がしたいのです。わたしは幻視者です」

　アンジェルは肩をすくめた。

「で、もう実際にやったんですか？」と、彼は言った。

「いいえ」と、ジャックモールは言った。「そういうふうにわたしが精神分析を行なう者は、わたしにすべてを語らねばなりません。すべてを。彼のもっとも内的な思想。もっとも悲痛な秘密、隠された考え、自己自身にも告白できないこと、すべて、すべてとその残り、そしてさらに背後にあることです。いかなる分析学者もそれを行なったことはありません。わたしはどこまでやれるかためしてみたいのです。わたしは願望、欲望が欲しいのです、だから他人のそれを取るんです。今日までそれが一つもわたしに残らなかったのは、まだ追求が足りなかったからだと思います。わたしは一種の同一化を実現したいのです。種々の情熱が存在することを知りながら、それを感じないのは恐ろしいことですよ」

「だいじょうぶですよ」と、アンジェルは言った、「あなたは少なくともその欲望を持っています、それさえあればそんなにからっぽということもないですよ」

「わたしは他のことよりもあることをするというなんの理由もありません」と、ジャックモールは言った。「だから他人の持っている理由を奪いたいと思うんです」

二人は背後の塀に近づいていた。昨日ジャックモールが庭にはいった正面の入り口とは、家に対してちょうど対称的な位置に、金色に塗った高い格子の門が建っていて、石の単調さを破っていた。

「ねえ」と、アンジェルが言った、「もう一度言いますが、種々の欲望を持ちたいという欲望を持つことはすでに充分一つの情熱ですよ。それが証拠に、そいつはあなたを行動させてるじゃないですか」

精神科医は赤い髭をなでて笑い出した。

「ですが、それはまた欲望の欠如を証拠だてていますね」

「とんでもない」と、アンジェルは言った。「欲望も持たず、行く先も決めずにいるためには、あなたは社会における完璧な中立状態を得たのでなくちゃなりませんね。あらゆる影響を蒙《こうむ》らず、内的な過去を持たないのでなくちゃ」

「まさしくそうなんです」と、ジャックモールは言った。「わたしは去年生まれたんです、いま目の前にあなたがごらんのままに。わたしの身分証明書を見てごらんなさい」

彼は証明書をアンジェルに差し出して、アンジェルはそれを手に取って調べた。

「確かですね」と、アンジェルは返しながら言った。「まちがいですね」

「自分の言ってることがわかってるんですか!……」と、ジャックモールは怒って抗議した。

「二つはりっぱに合致しますよ」と、アンジェルは言った。「それが書いてあるということは確かです、ですが書いてあることはまちがいです」

「でも、名前の横に略歴が書いてあったでしょ」と、ジャックモールは言った。「《精神科医。空《から》。満たすべし》。略歴ですよ! そいつは明白です。印刷されてますよ」

「それで?」と、アンジェルは言った。

「それですから、よくわかったでしょ、自己を満たしたいという欲望はわたしから発したものじゃないんです」と、ジャックモールは言った。「そいつはあらかじめ演じられていた。わたしは自由じゃなかったってことが」

「そんなことはありません」と、アンジェルは言った。「あなたは一つの欲望を持っているんだから、あなたは自由です」

「じゃあわたしが全然持っていなかったら? その欲望もなかったら?」

「死人でしょうね」

「ああ! 畜生!」と、ジャックモールは叫んだ。「もうあなたとは議論しませんよ。怖がらせるんですから」

二人は格子の門を通り抜けて、村への道を踏んでいた。大地は白く、埃っぽかった。両側に、ゼラチンの鉛筆のように円筒形で、濃い緑色の海綿状の草が生えていた。

「とにかく、それは逆ですよ」と、ジャックモールは抗議して言った。「人はなにごとも欲望を持たぬときしか自由ではなく、完全に自由な人間はなにごとにも欲望を持たぬでしょう。わたしはなにごとにも欲望を持たぬからこそ、自由だと結論するんです」

「いやいや」と、アンジェルは言った。「あなたは種々の欲望を持ちたいという欲望を持っている以上、なにごとかに対して欲望を持っている、だから、すべてまちがいなんです」

「そ、そんな！」と、ジャックモールはだんだん腹を立てて叫んだ。「要するに、なにかを望むということは、自己の欲望に繋《つな》がれることです」

「ちがいます」と、アンジェルは言った。「自由とはあなたから発している欲望です。かつまた……」

彼は言葉を止めた。

「かつまた、あなたはわたしを嘲笑していますね」と、ジャックモールは言った、「ええ、そういうことです。わたしは人びとを精神分析し、彼らから本物の欲望、意志、選択、その他すべてを取り上げるでしょう、あなたの話をきいてるとうんざりです」

「いいですか」と、考えこんでいたアンジェルは言った、「一つ実験をしてみましょう──

—この際他者の欲望を望むことを、誠実に一瞬間、完全にやめるようにしてごらんなさい。やってみてください。正直に」

「よろしい」と、ジャックモールは言った。

二人は道ばたで止まった。精神科医は目を閉じて、力を抜くように見えた。アンジェルは注意深く彼を監視していた。

ジャックモールの顔の色調のうちに、いわば一つの色の裂け目があらわれた。突然、彼の体の見える部分、手、首、顔に透明感のようなものが広がってきた。

「自分の指を見てごらんなさい……」と、アンジェルがささやいた。

ジャックモールはほとんど色のなくなった目を開いた。彼は、右手を透かして、地面の黒い火打ち石を見た。ついで、彼が自己を取り戻すと透明感は消え、彼はまた固体に戻った。

「よくわかったでしょ」と、アンジェルは言った。「完全にリラックスすると、あなたはもはや存在しないんです」

「ああ」と、ジャックモールは言った。「そりゃまったくの幻想ですよ。もしあなたが手品でもって、わたしの確信を打ち破れると思ってるなら……どんなトリックを使ったんです……」

「よろしい」と、アンジェルは言った。「あなたが不誠実で、明白な事実にも目をつぶると知って満足ですよ。それも物事の道理にかなってます。精神科医ってものはやましいところがあるはずですからね」

二人は村はずれに着いていた、そして引き返すことに意見が一致した。

「奥さんがあなたに会いたがってますよ」と、ジャックモールは言った。

「ご存じなはずがないでしょう」と、アンジェルは言った。

「予感できるのです」と、ジャックモールは言った。「わたしは観念論者ですから」

家に着くと、二人は階段をのぼった。彫り物をした樫の手摺が、ジャックモールの頑丈な手に握られて卑屈にへこんだ。アンジェルが先にクレマンチーヌの部屋にはいった。

10

彼は入口で立ち止まった。ジャックモールは背後で待っていた。

「わたしにきて欲しいかい？」と、アンジェルは尋ねた。

「はいって」と、クレマンチーヌは言った。

彼女は友としてでも敵としてでもなく、アンジェルを見た。彼は彼女の邪魔をするのを恐れて、ベッドにすわろうとはせず立っていた。

「わたしはもうほとんどあなたを信頼できないわ」と、彼女は言った。「女は、男に子供をこささせられたときから、もう一般に男を信頼できないものよ。特にそれをやった男はね」

「クレマンチーヌ」と、アンジェルは言った、「きみはとっても苦しんだんだよ」

彼女は首を振った。同情されるのはいやだった。

「わたしは明日起きます」と、彼女は言った。「半年たてば、この子たちも歩くのを覚えなくちゃなりません。一年たてば、ものが読めるでしょう」

「きみはよくなってるよ」と、アンジェルは言った。「前と変わらないよ」

「これは病気じゃなかったのよ」と、彼女は言った。「もう終わったんだわ。二度とこんなことはご免よ。日曜日には子供たちは洗礼を受けなくちゃなりません。ジョエル、ノエル、シトロエンという名にします。決めました」

「ジョエルにノエルだって」と、アンジェルは言った、「あんまりきれいじゃないな。まだアズラエルや、ナタナエルや、アリエルだってあったのに。でなければプリュネルか」

「あなたがどう言ったって変わらないわ」と、クレマンチーヌはきっぱりした声で言った。「双子の子はジョエルとノエル、三番目のはシトロエンです」

彼女は自分に向かって小声で言った。「三番目のは最初にきびしくしてやらなくちゃ。この子には手を焼くでしょう、でもいい子だわ」それから大きな声でつづけた、「明日までに、この子たちにベッドを作ってやらなくちゃ」

「もし使いにいく用事があるんでしたら」と、ジャックモールは提案した、「わたしがします。どうぞご遠慮なく」

「いい考えですわ」と、クレマンチーヌは言った。「そうすれば、あなたも手ぶらでいなくてすみますわね」

「どうもあまりそういう習慣がないもんで」と、ジャックモールは言った。

「でも、ここにいるとそういう習慣がつく恐れがありますわ。さあ、もう行ってください。二人とも出ていって。家具職人のところでベッドを三つ頼んでください。小さいのを二つ、もう一つはもっと大きいの。家具職人に念入りに仕事をするように言ってください。それからついでにメイドをここへよこしてちょうだい」

「ああ、いいよ」と、アンジェルは言った。

彼は彼女に接吻するため身をかがめて、それから体を起こした。ジャックモールはわきにより、アンジェルは出ていった。精神科医はドアをしめて彼のあとを追った。

「メイドはどこにいるんです?」と、彼は尋ねた。

「下に……」と、アンジェルは言った。「洗濯場に。洗濯の最中です。さあ、昼飯を食べましょう。それから使いに行きましょう」

「わたしが行きます」と、ジャックモールは言った。「あなたは残っててください。またさっきみたいに議論をはじめたくないですからね。ああいうのは精力を消耗します。それにわたしの仕事じゃありません。精神科医の仕事ってのは結局はっきりしています。〝精神科医る〟ことです」

11

ジャックモールが格子の門をこの方向に抜けるのは二度目だが、ふたたび村へと出発した。右手には庭の塀、ついで断崖の脇腹、そしてはるか遠くには海。左手には、耕した畑、あちこちに樹木、生け垣。朝には気がつかなかった井戸が、古色蒼然とした上部の石の飾りと、二本の高い石の柱――そのあいだでトネリコの木で作った受け箱が、錆びてざらざらした鎖をささえていた――とでジャックモールを驚かした。井戸水は、空の青い枠によって急速にぼろぼろにされていく雲の冠を縁石《ふちいし》にかぶせながら、底でぶつぶつ煮えたぎっていた。

最初の家々が遠くにあらわれた、そのいかつい感じが印象的だった。それはU形に並んだ農家で、Uの腕のほうが道のほうに向いていた。最初、右手には一、二軒しかなかった。その中庭はふつうの配置を示していた――四角くて、真中に大きな水槽があり、水槽はザリガニや震え虫《ヴィブルーズ》でいっぱいの黒い水に満ちている。左手には、小作人とその家族が住んでいる翼。右手と奥には、二階がいくつかにわかれた牛小屋や馬小屋があって、家畜はかなり急な坂をのぼってそこにはいるのだった。頑丈な柱でできた土台がいくつもの大きな桶を取りかこみ、桶のなかには汚ない寝《ね》藁《わら》や糞が落ちてたまっていた。使われていない家畜小屋の大桶には、藁や、穀粒や、秣《まぐさ》の貯えが入れてあった。よく整備された特別な小屋に、娘たちがごたごた押しこめられていた。中庭自体も灰色の花崗岩で舗装されていて、その石を、道を縁どっていたのとおなじ円筒形で海綿状の草が、きちんと列を作って仕切っていた。

ジャックモールはなおも進みつづけたが、誰にも会わなかった。農家の数はさらに多くなった。今ではそれは左手にもあり、もっと広い道がその方向に斜めに走っていた。道は突然、水面がさざ波一つ、小《こ》皺《じわ》一つなく、地面すれすれのところまできている赤い小川と並んだが、その表には、まるで消化されたあとのようになにかわからない残骸が漂っていた。いまやあちこちに、うつろな家々のかなりはっきりとしたざわめきが流れていた。ジャックモールは、建物の一軒一軒と直角のところまできたとき押し寄せてくる複雑な臭いの塊を、細かく分別してみる誘惑にかられた。

彼は小川に好奇心を引かれた。最初はなにもなかった、ついで突然に川幅が広くなり、ちょうど膜を張った下を流れるように、縁までなみなみとあふれて流れているのだった。

喀血《かっけつ》の涎《よだれ》の色、明るく不透明な赤色。グワッシュのような水。ジャックモールは小石を拾い上げて、投げ込んだ。小石はまるで綿毛の川に沈むように、ひっそりと、はねも上げずに沈んでいった。

道は、今度は並んだ木々が落ちついた影をつくっている土手で高くなった、長方形の広場でとだえた。二股《ふたまた》に割れて、土手道が台地を囲んでいた。右手のほうになにやらにぎやかに人が集まっていた、で、ジャックモールはその方角に進んだ。

到着すると、それは単なる老人市《いち》であることがわかった。日なたにさらされた木製のベンチが一つ、それに大きな石のかたまりがいくつかあり、最後にやってきた連中がその石にすわっていた。老人たちはベンチに並び、そして三つの石がすでに満員だった。男が七人、女が五人数えられた。村役場の周旋人《しゅうせん》が、模造皮の表紙の帳簿をかかえて、ベンチの前に立っていた。彼は古い栗色のビロードの衣装を着て、鋲《びょう》を打った靴をはき、暑いにもかかわらずモグラの皮で作ったきたならしい庇つきの帽子をかぶっていた。彼はいやな臭いがし、老人たちはさらに臭かった。何人かの者たちは長年使われたため光る杖の上に両手を組んで、じっと動かないでいた――全身を汚れた醜悪な布に包み、髭も剃らず、垢だらけの皺がいっぱいでき、日なたで労働しすぎたために目もとに皺が寄っていた。彼らは、歯が抜けて歯根が臭い口をもぐもぐさせていた。

「さあさあ」と周旋人が言った。「こいつは高かない、まだ充分使えるぜ。どうだ、ラルーエ、おまえこいつを子供たちに買ってやらないか？　こいつはまだひどい目に遭わせてやったって平気だぜ」

「その証拠を見せてやっちゃあどうだ！」と、一人の男が言った。

「なるほど！　そうだな！」、村の周旋人は賛同した。「おい、老いぼれ、ここへ来い」

彼は老人を立たせた。相手はすっかり腰を曲げて、一歩前へ進み出た。

「ちょっと、おまえのズボンのなかの物をやつらに見せてやれよ！」と、周旋人は言った。震える指で、老人はズボンの前立てをはずしはじめた。その縁《へり》はすり切れたのと脂とで光っていた。人びとはどっと笑った。

「見てみろよ！」と、ラルーエが言った。「ほんとだぜ、こいつはまだ残ってらあ！」

彼は老人の上にかがみ込んで、腹をかかえて笑いながら、みじめなぼろのかたまりの重みを手で計った。

「ああ！　よし！　こいつをもらうぜ」と、彼は周旋人に言った。「百フラン渡すからな」

「落札！」と、周旋人は言った。

ジャックモールはこれは田舎でよくあることなのを知っていた。だが老人市に実際に立ち会ったのははじめてだったので、その光景にびっくりした。

老人はまたボタンをかけて、待っていた。

「行け！　老いぼれ犬め！」と、ラルーエは老人を蹴とばしながら言った、老人はよろめいた。

「さあ、子供たち、遊ぶんだ」

老人はよちよちと歩きはじめた。二人の子供がグループから離れた。なかの一人が棒で背中をひっぱたきはじめ、もう一人がころばせようと首にしがみついた。老人は鼻を砂埃のなかに突っ込んで、地面に倒れた。男たちは見ていなかった。ひとりジャックモールだけが、魅せられたように、子供たちをながめていた。老人はひざまずき、鼻がむけて血が流れ、そしてなにかを吐いた。ジャックモールは顔をそむけ、大きな集まりのほうをながめた。周旋人は、七十歳近い、太った背の低い女のことを宣伝していた――その女のまばらな脂じみた髪は、古い黒色の三角形の肩掛けよりも長くたれていた。

「さあさあ、この女はまだ上等だよ」と、彼は言った。「誰が欲しい？　この女は歯がないよ。都合がいいぞ」

ジャックモールはいくぶん胸が悪くなるのを感じた。彼はいっそう注意深く回りの顔をながめた。それは三十五歳から四十歳ぐらいの、頑健で、冷たくて、頭の上に庇《ひさし》つき帽子を突っ立てた人びとだった。ずんぐりして、強靭な種族であるらしかった。なかには口髭を生やしている者もあった。一つの証拠だ。

「アデールを六十フラン！」と、周旋人がつづけた。「この値段で歯なしだぞ。買い得だ。

おい、クレチアンおまえは？　ニュフェール、おまえは？」

彼はドンと一発、老婆の背に平手打ちを食わせた。

「立てよ、糞《くそ》ばばあ、みんなに見えるようにな！　さあさあ、お買い得だぜ」

老婆は立ち上がった。

「ぐるっと体を回せ」と、周旋人は言った。「尻を皆さんにお見せしろ。おい、みんな見てみろ」

ジャックモールは見ないように努力した。老婆はひどい悪臭がしたので、彼はあやうく卒倒するところだった。静脈瘤でふくれあがった恐ろしい脂肪の塊がチラと目にはいった。

「五十だ」と鋭い声が言った。

「持ってけよ、おまえのもんだ！」と、周旋人は叫んだ。

老婆が木綿のスカートをさげ終わらないうちに、彼はガンと一発どやして彼女を突き飛ばした。ジャックモールは腹をかかえて笑っている、褐色の髪の巨大な大男のそばにいた。

彼は男の腕に手をかけた。

「なんで笑うんだね？」と、彼は尋ねた。「恥ずかしくならないのかね？」

相手は突然、笑うのをやめた。

「なんになるだって？」

「恥ずかしくないのかね」と、彼は静かに繰り返した。「老人じゃないか」

彼ははっと気がつく間もなく拳骨をくらっていた。犬歯のところで唇が切れた。口が血で汚れた。彼はよろめき、歩道から道路に落ちて倒れた。人びとは彼のことを見ていなかった。競《せ》りはつづいていた。

彼は立ち上がり、そして手のひらで埃まみれのズボンをはたいた。彼は陰鬱で敵意ある背中の群れの半円の背後にいた。

「そいつだ！」と、競りの男の声が言った。「そいつは木の義足をしてるぞ。おもしろいだろう。百十フランからいくぞ！　百十だ！」

ジャックモールはその場を離れた。広場の行き止まりのところで、横手の道に何軒かの小さな店があるように見えた。彼はそちらのほうに向かった。何分か後に、家具職人の店にはいった。気分が悪くて落ちつかない気がした。扉がばたんとしまり、そして彼は待った。

12

親方は、薄汚ない小さな事務所といった趣きの部屋にはいなかった。磨り減った樅《もみ》の木の汚れた床、黒っぽい木材のテーブル、壁には古ぼけたカレンダー。一角に、汚れたストーブの跡、藁がとび出した二脚の椅子、それが家具のすべてだった。板の間仕切り。奥に一つ扉が口を開き、そこから作業場のざわめきと不規則な槌音《つちおと》がきこえてきたが、二つの系列の槌音が混じらずに重なりあっていた。

ジャックモールは作業場のほうに進んだ。

「誰かいますか？」と、小声で尋ねた。

槌音はとだえなかった、で、彼は作業場のなかにはいった。光が上のほうから射していた。それはかなり広い縦長の納屋で、板だの、厚板だの、ざっと形のできた物の山だのがいっぱいつまっていた。三つか四つの仕事台、小さな帯鋸《おびのこ》が一つ、孔あけ機、鋳鉄の台座がこわれているらしい轆轤鉋《ろくろがんな》などがあった。壁にはあまり数が多くないいろいろな道具。右手のジャックモールがはいってきたドアのそばには、おが屑と鉋屑《かんなくず》の巨大な山。空気は膠《にかわ》の臭いがした。倉庫の突き当たりの庭に通ずる別のドアの前で、膠がはいっているらしいべとべとしたバケツが、小さな木炭焜炉《こんろ》の上であたたまっていた。たわんだ天井の骨組みにさまざまな物——古い鋸《のこぎり》の身、一匹の緑色の二十日鼠、がたがたになった楽器、締め付け金具、一山の古道具がぶらさがっていた。

すぐ左手に、がっしりした二個の木製の支柱で地面から引き離されて、巨大な樫の幹が横たわっていた。その上にまたがって、小さな見習いの小僧が四角い大梁《おおはり》を削り取るために、一生懸命手斧《ておの》をふるっていた。小僧はぼろを身にまとい、痩せた腕でかろうじて手斧をあやつっていた。その向こうでは、親方が白っぽい樫材の奇妙な構造物――それは一種の孔であり、そのなかに彼は立っているのだった――の縁に皮の付属品を釘づけにしていた。この小房には一種の厚い鎧戸がついていて、それは目下のところ開いていて、金槌《かなづち》でたたくたびに蝶番《ちょうつがい》が静かにギーギーと鳴った。

男は釘を打ち、子供は働いていた。二人のどちらも、どうしていいかわからず入り口のところに立っているジャックモールのほうを見なかった。ついに、彼は決心した。

「今日は！」と、かなり大きな声で言った。

親方は釘を打つのをやめて、顔を上げた。彼は醜かった。大きな口がたれさがり鼻があぐらをかいていた、だが手は節くれだって、頑丈で、濃い赤い毛が総《ふさ》のように生えていた。

「なんの用だね」と、彼は尋ねた。

「子供たち用のベッドが欲しいんです」と、ジャックモールは言った。「あそこの、断崖の上の家で子供が生まれました。ベッドが二つ要《い》ります。二人分の場所のが一つ、もう一つはもっと大きい一人分の場所の」

「わたしは一つしか作らないよ」と、家具職人は言った。「三人分の席のだ、うち二つは進行方向を向いている」

「それからもっと広い席が一つ……」と、ジャックモールは言った。

「もっと広いのね……どうだかな」と、家具職人は言った。「手作りかね、機械作りかね？」

ジャックモールは、夢でも見ているようにたたいている小僧をながめた。終わりのない労働に釘づけにされたあわれな自動機械だ。

「手作りのほうが安いよ」と、家具職人が言った。「だって機械は高くつくからな、それにひきかえここにいるような糞みたいなやつは、いくらだってめっかるからな」

「ここらじゃずいぶんきつい育て方をするんですね」と、ジャックモールは言った。

「手でかね、機械でかね？」と、家具職人は繰り返した。

「機械で」と、ジャックモールは言った。

「そうだろうとも……」と、相手は口のなかで言った。「おれの機械を磨り減らすためにな……」

「明日までに」と、ジャックモールは言った。

それから、男のご機嫌を取ろうとして、彼の仕事に興味があるような顔をした。

「何を作ってらっしゃるんですか？」と、彼は尋ねた。

「教会用の」と、男は言った。「説教壇だよ」

彼は得意げに、しかもばつの悪そうな顔をした。男が話すときには、大きな口が多量の霧雨を発散させた。

「説教壇ですって？」と、ジャックモールは言った。

彼はもっとよく見ようと近づいた。それは実際に説教壇だった。蓋《ふた》のついた説教壇。ジャックモールがこれとおなじようなのは一度も見たことがない、奇妙な型。

「わたしは一度も田舎に住んだことがありません」と、彼は言った。「ご存じでしょ、都会ではこんなふうには作りません、ですから見るのが珍しいんです」

「都会ではみんな」と、家具職人は言った、「もう神を信じちゃいないね」

彼は意地悪そうにジャックモールをながめた。と、そのとき、小僧が手斧を取り落として、鼻から先に自分が四角に削っていた樫の幹の上に倒れた。突然の沈黙がジャックモールを捕えた。彼は振り向いた、そして子供に近づいた。そのあいだに家具職人は何歩か離れて、水をいっぱいいれた缶詰のあき缶を持って戻ってきた、そしてその中身を子供の首すじに乱暴にぶち込んだ。それから、子供が起き上がらないのを見て、缶にもおなじ道をたどらせた。小僧は息をついた。ジャックモールは憤激して彼を助けようとそばに近づいた。だが、もう薄汚ない小さな手首はふたたび持ち上がり、ついで弱々しく単調にたたきはじめた。

「なんて乱暴なことを」と、ジャックモールは家具職人に言った。「こんなに小さい子供を！　恥を知りなさい！」

顎にくらった一撃のため、彼はあやうく倒れそうになった、そして平衡を回復するため二、三歩あとにさがった。注意深く、彼は顎の骨にさわってみた。髭が衝撃を弱めたのだった。

家具職人はなにごとも異常はなかったように、ふたたび仕事に取りかかっていた。槌でたたくあいまに、手をやすめた。

「日曜日に見にきなよ。こいつを備えつけるからな。みごとな説教壇だぜ」

彼は自慢そうに説教壇をなでた。白くなめらかな樫材が、手の下で震えるかのように見えた。

「あんたのベッドは明日できるよ」と、彼はさらに言った。「取りにきてくれ。五時ごろにな」

「承知しました……」と、ジャックモールは答えた。

槌音がまたはじまった。膠《にかわ》の臭いが濃くなった。ジャックモールはもう一度最後に小僧をながめ、肩をすくめて、それから外へ出た。

通りは静かだった。彼は家をめざしてふたたび出発した。窓の前を通ったとき、カーテンが震えていた。一人の女の子が歌いながら出てきた。彼女は自分の背丈ほどもある釉薬《うわぐすり》をかけた水差しを持っていた。帰りには、彼女はもう歌わないだろう。

13

八月三十日

アンジェルとジャックモールは、家の涼しい大広間にすわっていた。メイドが行ったり来たりして飲み物の用意をしていた。彼女はグラスと柄のついた水差しを、アンジェルの前にある盆の上に並べた。窓と戸は庭に向かって開け放たれていた。ときどき虫がはいってきて、その羽根が天井の高い部屋のなかに響いた。すべてが憩っていた。

ジャックモールが口を開いた。

「ベッドは今日の五時にはできてるはずです」

「では、もうできてますよ」と、アンジェルが言った。「まちがいなしに朝の五時だったですね」

「ほんとですか？」と、ジャックモールが尋ねた。「だとしたら、実際にできてますね」

二人は黙った、そして無言で飲んだ。ジャックモールは躊躇した、そしてまた沈黙を破った。

「あなたにとっちゃあちっとも珍しくないことで、それに確実においやなことをお話しするのもなんですが」と、彼は言った、「だが、わたしは昨日村で見たことでショックを受けました。このあたりの人間は奇妙ですね」

「奇妙だとお思いになりますか？」と、アンジェルは尋ねた。

　彼は礼儀正しかった、だが声の調子で興味が薄れているのがわかった。ジャックモールはそれを感じて、急いで話をそらせた。

「ええ。奇妙だと思います。でも彼らをもっとよく知ったら、その精神状態があきらかになってくるだろうと思います。要するに、余所《よそ》でだってわたしは驚いているでしょうね。わたしはすべて未経験なんですから」

「たぶんね」と、アンジェルはぼんやり認めた。

　一羽の鳥が矢のように窓枠の前を過ぎていった。ジャックモールは目で追った。

「もちろんですが」と、彼は突然話題を変えて言った、「あなたは精神分析を受けるのは好きじゃないでしょうね？」

「ええ」と、アンジェルは言った。「たしかにきらいですね。それに、わたしはおもしろい対象じゃありませんよ。わたしがおもしろがるのです。これはおなじじゃありません」

「どういう点がです？」と、ジャックモールは、なんとか会話を保とうとして必死に努力しながら言った。

「じつにさまざまな点で」と、アンジェルは言った。「人生について。わたしは生きるのが好きです」

「けっこうなことですね」と、ジャックモールはつぶやいた。

　彼はグラスの残りを一気に飲んだ。

「こりゃおいしい」と、彼は認めた。「もう一杯飲んでいいですか」

「いくらでもお好きに」と、アンジェルは言った。「遠慮はいりませんよ」

　またしても沈黙。

「奥さんに会ってきます」と、ジャックモールは立ち上がりながら言った。「一人で退屈なさっているでしょうから」

「そうですとも」と、アンジェルは言った。「きっとそうですよ。またあとで呼びにきてください、わたしは車を出してきますから、二人でベッドを取りにいきましょう」

「じゃあ、後ほど」と、ジャックモールは言い、部屋から出て階段のほうに向かった。

　彼はクレマンチーヌの部屋のドアを遠慮がちにたたいた、彼女ははいるように答えた。で、彼はそうした。

　クレマンチーヌのベッドのなかに、クレマンチーヌと三人の赤ん坊が寝ていた。二人は右に、一人は左に。

「わたしです」と、ジャックモールは言った。「なにかご入り用のものはないかと思ってきました」

「なんにも」と、彼女は言った。「ベッドはもうすぐできますか？」

「もうできてるはずです」と、ジャックモールは言った。

「どんな形ですか？」と、彼女は尋ねた。

「ええと……」と、精神科医は答えた。「あの男は多かれ少なかれ自分の考えにもとづいて作ったと思います。二人分の席は進行方向に向かい、もう一つは横向きです」

「他のより大きく?」と、クレマンチーヌは尋ねた。

「わたしはそう言っておきました」と、ジャックモールは用心深く、ただそう明言しておくにとどめた。

「あなたは不自由なくお暮らしになれてますか?」と、クレマンチーヌはしばらく考えていたあとで言った。

「ええ、おかげさまで」と、ジャックモールは言った。

「なにもご入り用な物はありませんか?」

「なんにも……」

赤ん坊の一人が身動きして、困ったようなそぶりを見せはじめた。そのお腹《なか》のなかでいわば突然なにかが墜落するような音がした、そして猿のような小さな顔がひきつった。クレマンチーヌはほほえんでいた。彼女は子供の腹を軽くたたいた。

「ほら……ほら……ポンポンが痛いのね、坊や」

第二の子供がむずかりはじめた。クレマンチーヌは柱時計のほうを見上げて、それからジャックモールの顔を見た。

「お乳をやる時間ですわ」

「じゃあわたしは退散します」と、ジャックモールはつぶやいた。

彼は音を立てずに外に出た。

クレマンチーヌは乳飲み子を捕えてながめた。それはノエルだった。口が端のほうに向かってひきつり、がたがた震える歯ぎしりの音がきこえてきた。急いで彼女は子供を置いて乳房を出した。それからまた子供をつかまえて、乳房に近づけた。子供は息も切れんばかりに吸いはじめた。そこで、彼女は手荒に子供を乳首から離した。細い糸のような乳の流れが放物線を描いて持ち上がり、固い球体の上にまた落ちていった。クレマンチーヌの動作に憤激したノエルはわめいた。彼女はノエルをふたたび近づけ、そしてノエルはまだむずかりながら狂ったように貪欲に飲みはじめた。もう一度彼女は子供を持ちあげた。

子供は一段と激しく泣いた。クレマンチーヌはおもしろがっていた。またはじめた。四回。怒り狂ってノエルは顔が紫色になった。そして突然、窒息するかに見えた。声のない泣き声に口が恐ろしくたるんで、涙が怒りに黒くなった頰をつたって流れた。クレマンチーヌは突然、ぞっとするような恐怖を感じて、子供をゆすった。

「ノエル……ノエル……さあ……」

彼女はしだいに気が狂ったようになった。誰かを呼ぼうとした。と、だしぬけに、ノエルは息を回復してまたわめきはじめた。大急ぎで、彼女は震える手で乳房を返した。とたんに治まると、子供はまたがつがつと飲みはじめた。

彼女は汗で湿った額に手をやった。もう二度とそんな真似はしないだろう。

ノエルはやっとのことで満腹して、数分後にやめた。空気を飲み込んでちょっとばかりげっぷをし、ほとんどすぐ、まだ大きな息づかいを繰り返す眠りのうちに落ち込んでしまった。

彼女は最後の子を取り上げたとき、その子が自分のことを見つめているのに気づいた。ちぢれた髪とぱっちり開いた目をして、その子は小さな異国の神のように不安で、底知れなかった。彼は奇妙ななれあいの笑みを見せてほほえんでいた。

その子は自分のぶんの御馳走を飲んだ。ときどきやめては、彼女のことをながめ、じっと凝視しつづけながら、乳房の端を飲み込まずに口のなかに入れていた。

その子が飲みおえると、すぐ彼女は左手においた。そしてそちらに背を向けた。弱々しい呼吸音が部屋のなかにかすかな音をたてていた。

またも落ちつかず彼女はのびをした。そしてぼんやり物思いにふけりはじめた。三つのおむつから汗のすっぱい臭いが立ちのぼった。彼女は悪い夢を見た。

14

アンジェルは車庫から車を出してきて、ジャックモールがくるのを待っていた。精神科医はすばらしい眺望に見いっていておそくなった――紫色の海と輝く煙のような空、庭の花々と木々、そして色彩の大饗宴のさなかの白くて安定した家。

ジャックモールは小さな黄色い花をつみ、アンジェルの横に乗った。それは取りはずし式の座席の、快適ではないが信頼のおける堅固な古い車だった。後部が二本の鎖にささえられてあいていて、さわやかな空気がふんだんに流れ込んだ。

「なんてすばらしい地方でしょう！」と、ジャックモールは言った。「なんて花！　なんて美しい！　まったくなんという！……」

「ええ」と、アンジェルは言った。

彼は埃っぽい道で速度を増した。雲が車の背後で舞い上がり、ジャックモールが慣れっこになった海綿状の草の上に落ちた。

道端で一匹の山羊が角で合図をし、アンジェルは車を止めた。

「乗れよ」と、彼は動物に言った。

山羊は車のなかに飛び込んで、二人の後ろの台の上にすわった。

「あいつらはみんなヒッチハイクをするんです」と、アンジェルは説明して言った。「なにも農民たちと仲たがいする理由はありませんから……」

彼はしまいまで言わなかった。

「わかります」と、ジャックモールは言った。

もう少し先のところで、今度は豚を乗せた。二匹の動物は村の入り口で降りて、それぞれ自分の農場に向かっていった。

「あいつらはおとなしくしていれば散歩にいく権利があるんです」と、アンジェルはまた言った。

「さもないと罰せられたりたたかれたりします。そして監禁されます。で、それ以上訴訟手続きを経ないで食べられるんです……」

「ええ……」と、ジャックモールはあっけにとられて言った。

アンジェルの車は家具職人の家の前で止まった。二人の男は降りた。今では小さな事務所には細長い箱が置かれていた。昨日、樫の大梁《おおはり》を削っていた小僧の死骸が、ほっそりと青白く、古い袋でぞんざいにおおわれてそこに眠っていた。

「誰かいないかね？」アンジェルは、テーブルをたたきながらどなった。

家具職人があらわれた。作業場では、昨日とおなじような槌音がきこえていた。別の小僧にちがいない。男は袖の折り返しで鼻をこすった。

「ベッドを取りにきたのかね？」と、彼はアンジェルに尋ねた。

「ああ」と、アンジェルは言った。

「よしきた、持ってきな」と、男は言った。「あっちにある」

彼はアトリエのほうを示した。

「いっしょにきて手を貸してくれ」と、アンジェルは言った。

二人とも姿を消した。ジャックモールは死んだ子供の青ざめた頭の回りで輪をかいてぶんぶんいっている、一匹の大きな蠅を追いはらった。

家具職人とアンジェルはベッドを車に積み込んだ。ベッドはばらばらの板に分解されていた。

「そいつを持ってってくれ」と、家具職人は小僧が横たわっている箱を指さして言った。

「いいよ」と、アンジェルは言った。「乗せてくれ」

家具職人は箱を持ち上げて車のなかに入れた。二人はまた出発した。そしてすぐに赤い小川に沿って走った。アンジェルは車を止めて降り、箱を手にした。それは軽くてあまり大きくはなかった。苦もなくそれを持ち上げると、小川まで運んでいった。それからそれを水のなかにひっくり返した。木はすぐにまっすぐ沈んでいった。子供の死骸は浮き上がって、動かず、まるで凝結した蠟の面に運ばれるように小川の遅い流れに運ばれた。

板はでこぼこ道を、車が揺れるままにぶつかりあっていた。

15

八月三十一日

　ジャックモールの部屋は二階の、タイルを張った長い廊下の海側の突き当たりにあった。竜血樹の硬い髪が、下方のガラス窓の四角い枠のなかにはまって見えた。その緑色の葉片の上に、海があった。四角い部屋は天井があまり高くなく、完全にニス塗りの松材の接ぎ合わせた小割板におおわれていて、松脂《まつやに》の臭いがした。天井には、おなじくニスを塗った松材の長い厚板が、屋根の骨組みを描いていた——屋根はいくぶん傾斜して、隅を荒っぽく削った斜めの支柱でささえられていた。家具としてはレモンの木で作った低いベッド、赤いモロッコ皮を表に張ったかなりどっしりした事務机、それに似合った肘掛け椅子、そして鏡に窓が映っている組み合わせ式箪笥《たんす》。床は家の他の部分とおなじくタイル張りだったが、明るい黄色の多孔質の小さな菱形模様が張ってあり、それを黒い羊毛の部厚い絨毯が半ば隠していた。壁はまったくの裸で、絵もなければ写真もなかった。低いドアが一つ、浴室に通じていた。

　ジャックモールは身づくろいを済ませ、外出するため服を着た。精神科医の職業的衣装をやめ、かなりぴったりとした柔らかい革のズボン、緋色の絹のシャツ、それにズボンの色と似合った栗色のビロードのゆったりした上着を身につけた。彼は緋色のサンダルの革紐を結んで部屋を出た。日曜日の式について司祭と打ち合わせをするため村にいかねばならなかった、したがって簡単な服装をしていたのである。

廊下で、彼は部屋に戻ろうとしているクレマンチーヌの姿をちらと見かけた。彼女ははじめて起き上がり、庭を一回りしてきたところだった。彼女はドアを閉じる前に、手で合図した。

彼は下に降りた。アンジェルはまだ眠っていた。朝食を待たずに、ジャックモールは庭に出た。黄褐色のアリオルの葉がさわやかな朝の風にぎしぎし鳴っていた。

地面は石綿のように乾いていた。昨日とおなじように、井戸の水は煮えたぎり、骨まで透明な空はいかなる雨の前兆も隠していなかった。ジャックモールは村へ向かったが、慣れていたので道は短く感じられた。

彼はまだ教会を見たことがなかったが、その鐘楼は近くの家々や農家の上にわずかばかり顔を出していた。そこにいくためには、長いあいだ赤い小川に沿って歩かねばならなかった。彼はこの張りつめた水面の下に隠れているあらゆるもののことを考えて、いくぶんいらだたしい気分になりながら、どっしりとした水をながめた。

道は曲がっていた、そして小川もまた。左岸に沿って灰色のきたない建物が立ち、ジャックモールには屈曲した川の向こう側が見えなかった。

さらに五十メートル進むと、前方かなり遠くに教会が姿をあらわした。そして、赤い川の表には、一隻の動かない小舟。オールが両側にたれさがっていた。こちらに斜めに横を向けた舳《へ》先《さき》の背後に、彼は曖昧な動きをつづける黒っぽい物の形を見つけて、それがなにか知ろうと近寄った。

小舟と並ぶところまできたとき、一人の男が舷側《げんそく》にしがみついて、必死に這い上がろうとしているのが見えた。赤い小川の水は男の着物の上を真珠のようにころころと、湿らさず流れていた。頭が船べりの上にあらわれた。小舟は揺れて、男の努力のままに横に傾いた。ジャックモールはやっとその顔をはっきり見分けることができたが、男は最後にもう一度試みて、片腕片脚を越させることに成功し、舟の底にころがり落ちた。それはかなり年配の男だった。顔がくぼみ、目がぼんやり青かった。完全に髭がなく、白くて長い髪のせいで、威厳があると同時に柔和な表情をしていた。だが、その口は、安らいだときにも苦渋の色を示していた。目下のところ、彼は歯のあいだにジャックモールにはわからないある物をくわえていた。

ジャックモールは声をかけた。

「なにかお困りですか？」

男は身を起こし、やっとすわることができた。彼は今口にくわえて持ってきた物を放した。

「なんですな？」と、彼は言った。

彼はオールの上に身をかがめて、小舟を岸に近づけた。何度か漕いで接岸させた。こうしてジャックモールは、岸はまるで断層のように水面下で垂直に深くなっていることを知った。

「なにか手を貸しましょうか？」と、ジャックモールは尋ねた。

男はジャックモールの顔を見た。彼は一枚の粗衣とぼろぼろの屑を身にまとっていた。

「あなたはよその国のかたですか？」と、彼は言った。

「ええ」と、ジャックモールは答えた。

「さもなければ、そんな口はきかれんでしょうな」と、男はほとんど自分にきかせるように言った。

「溺れかけるところでしたね」と、ジャックモールは言った。

「この水じゃそんなことはありません」と、男は言った。「この水は変わりやすいのです。あるときは木も浮かびませんが、別のときは小石も表面にとどまっていられます。ですが、人間の体はいつだって沈まないで浮かんでいます」

「いったいどうなさったんです？」と、ジャックモールは尋ねた。「舟から落ちたのですか？」

「わたしは仕事をしていたのです」と、男は言った。「人びとは、わたしがまた引き揚げるよう死んだ物をこの水中に投げこみます。わたしの歯を使ってね。わたしはそのために給料をもらっているのです」

「ですが、網を使ったって充分仕事ができるでしょう」と、ジャックモールは言った。

彼は一種の不安、別の遊星からきた人間と話をするような印象を受けていた。そう、そう、確かによく知られた感情だ。

「わたしはそれを歯を使って引き揚げなくてはならんのです」と、男は言った。「死んだ物、あるいは腐った物。そのために人は捨てるのです。しばしば捨てられるようにするため、わざと腐らせておきます。で、わたしは歯でくわえなくてはなりません。それらの物がわたしの歯のあいだでくずれるように。わたしの顔を汚すように」

「そのための給料は高いんでしょうね？」と、ジャックモールは尋ねた。

「わたしは舟を与えられています」と、男は言った、「それから恥と金《きん》を支払われます」

この《恥》という言葉に、ジャックモールは身を引く動作をした。そしてそのことを後悔した。

「わたしは家を持っています」と、男はジャックモールの動作を見てほほえみながら言った。「食べ物を与えられています。金《きん》も与えられています。たくさんの金《きん》を。だがわたしはそれを使う権利はありません。だれもわたしになに一つものを売ろうとはしません。わたしは家とたくさんの金《きん》を持っています、ですが村全体の恥を消化しなければならんのです。彼らは、自分たちのかわりに良心の呵責をわたしに持たせるために金《かね》を支払っているのです。彼らが犯すあらゆる悪、あらゆる不敬虔なことについての呵責。あらゆる彼らの悪徳。罪。老人市。虐待される動物。小僧たち。汚物についての呵責」

彼は一瞬口をつぐんだ。

「ですが、こうした話にはみんな興味がおありにならんでしょう。ここに滞在なさるおつもりはないのでしょう？」

長い沈黙があった。

「いいえ」と、ついにジャックモールは言った。「わたしは滞在します」

「それでは、あなたも他の連中とおなじにおなりでしょう」と男は言った。「あなたもまた良心の呵責を感ぜず生きていかれるでしょう、そしてわたしにあなたの恥の重みを転嫁なさるでしょう。で、わたしに金《きん》をくださるのです。ですが金《きん》と引き替えに、なにも売ってはくださらんでしょう」

「あなたはなんという名前ですか？」と、ジャックモールは尋ねた。

「ラ・グロイールです」と、男は言った（ラ・グロイールはラ・グロワール＝栄光を連想させる）。「彼らはわたしのことをラ・グロイールと呼びます。それは小舟の名前です。わたしにはもう名はありません」

「またお会いしましょう……」と、ジャックモールは言った。

「あなたは彼らとおなじにおなりでしょう」と、男は言った。「もうわたしに話しかけはなさらんでしょう。金《かね》を支払われるのです。そして腐った死骸を投げつけられるのです。そしてあなたの恥を」

「でも、あなたはなぜこんなことをしているのです?」と、ジャックモールは尋ねた。

男は肩をすくめた。

「わたしの前には、別の男がおりました」

「でも、どうしてその男のあとを継いだのです?」と、ジャックモールは固執した。

「わたしよりももっと恥を抱く者が出れば、その男がとってかわるのです」と、男は言った。「彼らは常にこの村においてそのようにふるまってきました。彼らはたいへん信心深いのです。彼らなりの良心を持っています。けっして後悔はしません。だが気がくじけた者は……憤慨する者は……」

「ラ・グロイール号に乗せられるのですね……」と、ジャックモールは最後を引き取って言った。「ではあなたは憤慨なさったのですね」

「ああ! もうそんなにしょっちゅうはしませんよ……」と、男は言った。「おそらくわたしが最後の人間でしょう。わたしの母はここの女ではありませんでした」

彼はふたたび部署につき、オールの上に身をかがめた。

「働かなければなりません」と、彼は言った。「さようなら」

「さようなら」と、ジャックモールは言った。

彼は、男がきらきらと光る水の赤い波形模様の上をゆっくり遠ざかっていくのをながめた。そしてまた歩きだした。巣の上の鶏卵のような教会は、もうそんなに遠くはなかった。

到着すると、彼は急いで七つの石段をのぼって中にはいった。司祭と話をする前に、内部を一瞥しておきたかった。

16

大梁《おおはり》や縦梁の複雑な網が、卵形の本堂の黒い片岩の屋根をささえていた。ジャックモールの目の前には、黒っぽい花崗岩でできた祭壇が、緑色の信仰上の付属物とともにそびえていた。右手の二本の大梁《おおはり》のあいだに、真新しい説教壇が、開かれた鎧戸とともに高くて白いシルエットをおぼろに浮き上がらせていた。

こんな狡猾な建て方の教会を見たのは、ジャックモールははじめてだった――卵の形をし、石の円柱もなく、アーチも、陸梁《ドウブロー》も、補強アーチ付き十字窓《クロワゼ・ド・ジーヴ》もなく、鳴り物もなく、明日のことなど知ったことじゃない。奇妙に組み合わされた木材が、力強い壁に沿ってうねうねと蛇行していて、その測地学的支柱を形成していた。木材の主なものには立体的な浮き彫りの彫刻が刻まれていたが、彼はそれにいろいろ色がついているのを見てとった、そして聖者や蛇や悪魔の目が暗がりのなかで輝いていた。本堂の内部の空間は、完全にさえぎる物がなかった。祭壇の上にある楕円形のステンドグラスの窓が、祭壇をウルトラマリーン一色に染めていた。そのステンドグラスの窓がなかったら、教会のなかは真暗だったろう。祭壇の両側には、幾重にもなった二つの燭台が震える明かりを投げかけ、闇にぼかした暈《かさ》の穴をあけていた。

入り口から祭壇まで、まき散らされた厚い藁が地面をおおっていた。ジャックモールはそこに足を踏み入れた。目が暗闇に慣れるにつれ、祭壇の背後の右手に、開かれたドアの灰色の長方形の形が認められた、そして聖具室ならびに司祭館に通ずるものと考えて、そちらに足を運んだ。

彼はドアをくぐった、そして戸棚やさまざまな品物に満たされた小さな縦長の部屋にはいっていった。奥にはもう一つ別のドアが。そこからささやき声がきこえてきた。ジャックモールは指の骨で三回壁板をノックした。

「はいってもよろしいですか？」と、小声で尋ねた。

会話の声はやんだ。「おはいりなさい！」

彼はその誘いに応じて第二のドアをくぐった。

司祭がそこで聖具室係と話をしていた。二人はジャックモールの姿を見て立ち上がった。

「今日は。司祭さんですね？」

「今日は」と、司祭は言った。

彼は黒い二つの目が深くくぼんだ顔をした節くれだった男で、目の上には黒くて太い眉がついていた。ひからびた長い手をしていて、話をするときはその手を組んでいた。彼が体を動かしたとき、ジャックモールは軽く足をひきずっていることに気がついた。

「お話ししたいことがあるんですが」と、ジャックモールは言った。

「お話しなさい……」と、司祭は答えた。

「洗礼の件です」と、ジャックモールは説明した。「日曜日によろしいでしょうか？」

「わたしの職業ですからな」と、司祭は言った。「誰でも職業はあるもんですわ」

「断崖の家で三つ児が生まれたんです。ジョエル、ノエル、シトロエンです。日曜日の晩までに万事終わらないと困るんですが」

「日曜日のミサにお出なさい」と、司祭は言った。「時間はそのとき申しあげましょう」

「ですがわたしはミサにはけっして出ないんです……」と、ジャックモールは異議を唱えた。

「だったらなおさらですな」と、司祭は言った。「おもしろいですぞ。少なくとも、わたしの話が新しく感じられる人間もいましょうて」

「わたしは宗教に反対の人間です」と、ジャックモールは言った。「それが田舎では有用だということを忘れちゃいませんが」

司祭は冷笑した。

「有用ですと！……宗教は贅沢です。それをここの野蛮人どもがなにか有用なものにしようとしているのです」

彼は誇らかに身を起こし、おぼつかない足を引きずりながら、部屋のなかを大股に歩きはじめた。

「だがわたしはいやじゃ」と、彼はきっぱりした調子で言った。「わたしの宗教はいつまでも贅沢じゃ！」

「わたしがことさら申しあげようと思ったのは」と、ジャックモールは説明を加える、「田舎では司祭は特別な立場を主張できるということです。つまり農民たちの粗野な精神を導き、彼らにおのれが犯している過ちを見いださせ、あまりにも世俗的な生活の危機に対して目を見開かせ、悪しき本能に対してブレーキの役を果たす……わたしは、あなたが現に村でなにが行なわれているかご存じかどうか知りません……わたしは……その……ここにきたばかりです、裁判官を自任するような真似はしたくありませんし、あなたにとってはたぶんずっと前から当然と思われていたことに対するわたしの反発を申し上げて、あなたの感情を害したくもありません……その……たとえば司祭というものは、祭壇上から盗みは罪であると烙印を押し、若者たちのあまりにも性急な性的交渉を禁止するものです
——自己の管区を無秩序と淫乱の支配に任せぬよう」

「自己の聖堂区を……」と、聖具室係が訂正した。

「聖堂区を……」と、ジャックモールは言った。「で、どこまで話しましたっけ？」

ます！」

「知りませんな」と、司祭が突っ放したように言った。

「要するにその」と、ジャックモールは決意して言った、「あの老人市《いち》です。ありゃ狂ってます！」

「あなたは俗界に生きておられるのじゃ！」と、司祭は叫んだ。「あの老人市ですと？　老人市などわたしにはどうでもよろしい！　あの者たちは悩んでいる……この地上で悩める者は天国で分けまえにあずかるのじゃ。かつまた苦悩そのものも無益ではない。だが現実には、その苦悩の動機のみがわたしの心を悩ますのです。わたしが苦しむのは、彼らが信仰のうちにおいて悩むのではないからなのです。あの者たちは野蛮人じゃ。さきほども申し上げたように。彼らにとって宗教とは一つの手段だ。物質的野蛮人……」

彼は語りつつ高揚し、その目は熱気を帯びた光を放っていた。

「彼らは支配者として教会にやってくる。親しく自分から。で、彼らがわたしになにを求めるかご存じかな？　アルファアルファ（まぐさとして栽培される）の芽を出させることじゃ！　魂の安らぎなど、よろしいか、彼らはかまっちゃおらん。すでにそいつは持っている！　彼らにはラ・グロイール号がある！　わたしはとことんまで戦う、だが膝を曲げん。わたしはアルファルファを生長はさせません。神の御加護で……わたしには忠実な友がいる。数は多くないがわたしを支持しております」

彼は冷笑した。

「日曜日にお出なさい、そうすれば……そうすれば、いかに物質的であることによって物質的なものに打ち勝つことができるかおわかりになるだろう。わたしはあの野蛮人どもを自己の面前に連れ出してやるのじゃ……彼らの無気力はさらに大きな他の無気力に衝突するだろう……で、そのショックから彼らを宗教……贅沢へと導く不安が生まれるだろう！……神が寛容にも彼らにその権利をお与えくださった贅沢へと」

「で、洗礼のほうは？」と、ジャックモールは言った。「日曜の午後ですか？」

「ミサが終わったとき正確な時刻を申しあげよう」と、司祭はまた言った。

「けっこうです」と、ジャックモールは言った。「さようなら、司祭さん。さきほど教会を拝観させていただきました。奇妙な建築ですね」

「奇妙です」と、司祭はぼんやりした様子で認めた。

彼はすわった。そのあいだにジャックモールははいってきた戸口から外に出た。彼は軽い疲れを感じていた。

「クレマンチーヌの世話はうんざりだ」と、彼はあからさまに口に出して言った。「早くあの三匹が大きくなってくれればいいがな。おまけに強制的にミサに出させられるか……」

夜が訪れかかっていた。

「強制的にミサだなんて、じつに不愉快だ！」

「不愉快です」と、塀の上にすわった一匹の大きな黒猫が賛成した。

ジャックモールは猫をみつめた。猫は喉をごろごろ言わせはじめて、黄色い目に縦の線を入れた。

「不愉快だ！」と、ジャックモールは、丸く、円筒形で、柔らかい草を摘みながら結論した。

もう少し先までいって、彼は振り返った。猫を見つめ、躊躇し、それからまた出発した。

17

九月二日　日曜日

出発の支度ができて、ジャックモールは廊下をぶらついていた。彼は地味な服装をしていて、空《から》の舞台の上で衣装を着けた俳優のように落ちつかない感じがした。やっとメイドがあらわれた。

「だいぶ時間がかかるね」と、ジャックモールは言った。

「おめかししてたからですわ」と、彼女は説明した。彼女は白い畝織《ピケ》りの正真正銘の晴れ着を着こんで、黒い靴に黒い帽子、粗い絹糸の白い手袋をしていた。手にはすり切れた革装のミサ典書を持っている。顔はぴかぴか光り、口紅のつけ方が悪い。大きな乳房がブラウスを突っ張らせ、腰のがっしりした曲線がみっちり洋服の他の部分をもふくらませていた。

「いこう」と、ジャックモールは言った。

二人は出かけた。彼女は気おくれしているようで、尊敬の気持ちから息をするとき音をさせないよう努めていた。

「さてそれで、いつきみを精神分析するね?」と、ジャックモールは百メートルほど歩いたとき尋ねた。

彼女は赤くなって、上目づかいに彼を見上げた。二人は密生した生け垣のそばを通っていた。

「今はだめですわ、おミサにいく前は……」と、彼女は期待にあふれた声で答えた。

精神科医は彼女の気持ちを理解して、赤い髭が震えるのを感じた。そして力強い手で道端のほうへ彼女を引っぱっていった。二人は茨の生えた狭い通路を通って生け垣の背後に消えたが、その茨に引っかけてジャックモールはきれいなスーツをほつれさせた。

いまや二人は、充分人目につかない原っぱにいた。用心深く、女中は黒い帽子を脱いだ。「こわれるといけないから」と、彼女は言った。「それに、あのー、この上に寝ると青い草がついちゃうわ……」

「四つん這いになりたまえ」と、ジャックモールは言った。

「もちろんですわ」と、彼女にできるのはそれしかないと思っているスタイルであるかのように言った。

精神科医は彼女相手に仕事をやらかしているあいだ、娘の短い項《うなじ》が持ち上がり、ついでゆるんでいくのをながめた。彼女はきちんと髪を結ってなかったので、何本かの金色のほつれ毛が風にゆらめいた。彼女は体臭が強かった、だがジャックモールは家に着いて以来手術を行なっていなかったので、このいささか動物的な臭いも悪く思わなかった。当然理解できる人間的配慮によって、彼は娘に子供を作らせることは避けた。

二人は、ミサがはじまって十分もたたないうちに教会の前に着いた。車や幌つきの荷車の数から判断して、卵形の本堂は満員のはずだった。階段をのぼる前に、ジャックモールはまだ真赤でいくぶん恥ずかしそうな娘を見た。

「今夜わたしいったほうがいい？」と、彼女はささやいた。

「ああ。きみの生涯を語るんだ」

びっくりして彼女は、穴があくほど彼の顔を見つめ、彼が冗談を言っているのではないのを知って、わけがわからないままに承諾した。二人はなかにはいり、こすれてピカピカになるほど押し合っている群衆にまじった。ジャックモールは彼女に押しつけられ、動物的臭いが鼻の孔に満ちた。腕の下で、彼女は玉のような汗をかいていた。

司祭が前おきを終えるところだった、そして説教壇にのぼる用意をしていた。暑さはぐっと人びとの胸ぐらをとらえて窒息させるほどであり、女たちはブラウスのホックをはずしていた。だが、男たちは黒い上着をきっちり上まで閉じ、カラーを折り曲げたままだった。ジャックモールは周囲の顔をながめていた。彼らはみな元気潑剌とし、頑健で、空気と太陽とに日焼けし、なにかに自信ありそうな様子だった。司祭が、鎧戸を開いた白い説教壇の階段をのぼった。奇妙な型の説教壇。ジャックモールはあの家具職人と小さな小僧のことを思い出して身震いした。小僧のことを考えたとき、メイドの臭いに胸が悪くなった。

司祭が明るい樫材の二本の支柱のあいだに姿をあらわしたとき、一人の男がベンチにのぼって、力強い声で静粛にと言った。がやがやいう騒ぎは静まった。いまや本堂のうちには、注意深い静けさが支配していた。ジャックモールの目は、丸天井につるされた無数の明かりを認めたが、いまやそれは巨大な建物の骨組みにまで彫られたからみあった体の雑然とした堆積、そして祭壇の青いステンドグラスを浮き上がらせていた。

「司祭、雨を！」と、男が言った。

群衆は声をそろえて繰り返した。

「雨を！……」

「アルファルファは乾いている！」と、男がつづけた。

「雨を！」と、群衆はわめいた。

ジャックモールは完全に耳がきこえなくなって、司祭が発言を求めて腕を伸ばすのを見た。ざわめきはおさまった。朝の太陽が青いステンドグラスの背後で燃えていた。息をするのもやっとだった。

「村の衆よ！」と、司祭は言った。

巨大な彼の声はいたるところからきこえてくるように思われた、そしてジャックモールは、拡声装置のおかげで声のボリュームをそんなに上げることができるのを見抜いた。人びとの頭が丸天井や壁のほうを向いた。機械はただの一つも見えなかった。

「村の衆よ！」と、司祭は言った。「みなさんはわたしに雨をと求められる、だが雨は得られんじゃろう。みなさんは今日ここに、レグホンのごとく尊大かつ誇り高く、みなさんの肉の生活に確信を持ってきておられる。自己に値しないものを求めるあつかましい物乞い人としてきておられるのじゃ。雨は降らんじゃろう。アルファルファなど、神は知ったことではない！　体を折り、首をたれ、心貧しくなるがよい、そうすればわたしは神の言葉を与えよう。だが、一雫《ひとしずく》の水などあてにされんがよい。ここは教会じゃ、じょうろではない！」

抗議のざわめきが群衆のなかに起こった。ジャックモールは司祭が雄弁であると思った。

「雨を！」と、ベンチの上にのぼった男が繰り返した。

司祭の声の音高い嵐のあとでは、彼の叫びは貧弱なものに感じられた、列席者は気おくれがして口をつぐんだ。

「みなさんは神を信じていると主張される！」と、司祭は雷のように言った、「日曜日は教会にくるから、仲間を手荒くあつかい、恥を知らず、良心の呵責を感じることもないからというわけじゃ……」

司祭が恥という言葉を口にしたとき、あちこちに抗議の声が飛び出し、それがこだまで増幅して、長い咆哮にふくれあがった。男たちは拳をひきつらせて足を踏み鳴らしていた。女たちは押し黙って口をかたくつぐみ、いやな目で司祭をながめていた。ジャックモールは、いたたまれなくなりはじめた。喧噪が静まると、司祭は言葉をついだ。

「みなさんの畑などなんじゃ！　みなさんの家畜などなんじゃ！」と、彼はどなった。

「みなさんは物質的で下劣な生活を送っておられるのじゃ。みなさんは贅沢を知らぬ！……

……その贅沢をわたしはみなさんに与える。すなわち神を与えるのじゃ……だが神は雨などお好きではない……アルファルファなどお好きでない。神はみなさんの花壇や、低俗な色事などお気にかけられん。神とは金襴のクッションじゃ、陽光にはめ込まれたダイヤモンドじゃ、愛のうちに刻まれた貴重な飾りじゃ、オートゥイユ、パッシー（ともにパリの高級住宅街）、絹の長衣《スータン》、刺繍した短靴下、首飾り、指輪、むだなもの、すばらしいもの、電気仕掛けの聖体顕示台じゃ……雨は降らんじゃろう！」

「雨よ降れ」と、弁士が今度は群衆にささえられて絶叫し、群衆は嵐の空の雷のような叫

びを上げはじめた。

「農場に帰るがよい！」と、幾重にもなった司祭の声がほえた。「農場に帰るがよい！

神とは余分なものへの欲望じゃ。みなさんは必要あるものしか考えない。神の目には救わ

れようのない人間じゃ」

ジャックモールの隣の男がいきなり彼を押しのけると、身をおどらせて、重い石を祭壇

の方角に投げた。だが、すでに樫の鎧戸がきしむ音を立ててしまっていた、そして飛んで

きた敷石がずっしりした羽目板に鈍い音とともに激突するあいだに、司祭の声がつづいた。

「雨は降らんぞ！　神は役には立たん。神は祝いの日の贈り物、無料の賜り物、プラチナ

のかたまり、芸術的な絵、軽いお菓子じゃ、神はおまけ。そのためのものでも反対のもの

でもない。特別配給じゃ」

小石が雨霰《あめあられ》と説教壇の蓋《ふた》めがけて降り注いだ。

「雨だ！　雨だ！　雨だ」と、いまや群衆はリズムを合わせて拍子をとって叫んでいた。

ジャックモールは、これらの人びとから発散する情熱にあおられて、自分もいっしょに

歌っているのに気がついた。

すぐ目の前の右や左で、百姓たちは足踏みをし、そのものすごい靴音がまるで鉄橋の上

をいく兵士たちの足音のように教会を満たしていた。どっと押す力が説教壇にいちばん近

い何人かの男たちを前方に運んだ、そして彼らは壇を床から持ち上げているどっしりした四本の柱をゆすぶりはじめた。

「雨は降らんぞ！」と、鎧戸の背後で完全な失神状態に達しているのがわかる司祭は繰り返していた。「天使の翼が降るであろう！　エメラルドの綿毛が、雪花石膏《せっかせっこう》の壺が、すばらしい絵が……だが、水は降らん！　神はアルファルファや、カラス麦や、小麦や、ライ麦や、大麦や、ホップや、蕎麦《そば》や、クローバーや、ウマゴヤシや、白弁慶草や、サルビアなどはどうでもよい……」

ジャックモールはついでながら司祭の博学に感心した、だが四本の樫の柱が同時に折れて、落っこちながら頭をぶつけた司祭の発したひどいののしりの言葉が、拡声器に反響されて人びとの耳にきこえた。

「よし！　よし」と、彼は叫んだ、「雨は降るぞ！　雨が降る、雨が降る！」

一瞬のうちに、群衆の波は教会の入り口のほうに引き、扉が左右に大きく開いた。空は突然暗くなっていた、そして最初の幾雫《いくしずく》かが柔らかい蛙のように階段に当たって音を立てていた。ついでそれは本物の洪水となり、屋根の片岩の板瓦の上にばらばらと鳴った。人びとはともかくも説教壇を立て、そして司祭は鎧戸を開いた。

「ミサは終わり」と、彼は単純に言った。

人びとは十字を切り、ついで男たちはまた庇《ひさし》つき帽をかぶり、女たちは立ち上がって、全員が出ていった。

ジャックモールは聖具室に向かおうとした、だが、群衆に引きずられないため木のベンチにつかまらねばならなかった。

途中で、彼は家具職人にぶつかった。その大きな口とだんご鼻とですぐにわかった。男は意地悪そうにジャックモールに向かってほほえんだ。

「見たかね？　ここじゃ、みんな神を信じてるのさ。司祭がいくら言ったって止めることはできないさ。あいつは神ってものがなんの役に立つかさえ知らないんだ」

彼は肩をすくめた。

「ばからしい！」と、彼は結論して言った。「勝手にやらしとくさ。それも悪かない。おもしろいからな。ここじゃ、みんなミサが大好きなのさ。司祭がいたっていなくったって。いずれにしろ、わしのつくった鎧戸はもったな」

彼は通りすぎていった。ジャックモールはメイドがどこにいるか知らなかった、で、もう気にかけないことに決めた。流れの力が弱くなりつつあった。そこで彼は聖具室の戸口のほうに進むことができた。なかにはいり、ノックしないで第一の部屋まで進んだ。

司祭は聖具室係の浴びせるおせじに得意満面、足をひきずりあちこち歩き回っていた——聖具室係は赤ら顔の小男で、まったく影が薄かったので、ジャックモールは前回の訪問のとき彼を見たことを努力しなければ思い出せないくらいだった。

「偉大でございました！」と、聖具室係。「完璧でございました！　なんという名演技！　最高のヒットでございます！」

「ああ！」と、司祭は言った。「わたしはうまく連中をやっつけてやったと思う」

　彼は額に大きなこぶができていた。

「すばらしうございました！」と、聖具室係は言った。「なんという発声法！　なんというインスピレーション！　それになんと巧みな間の取り方！　まったくの話わたしは最敬礼いたしましたし、最敬礼いたしております！」

「まあとにかく」と、司祭は言った。「おまえはおおげさじゃ……わたしはよかった。でもほんとか？……そんなによかったか？」

「失礼ですが」と、ジャックモールは言った、「このかたの賛辞にわたしのも付け加えさせてください」

「ああ！……」と、聖具室係はため息をついた。「なんて才能だ！……あなたは……崇高でございました！」

「まあまあ」と、司祭は言った。「二人ともおせじがお上手な」

　彼は尊大ぶって、ジャックモールに向かってにこやかにほほえんだ。

「まあどうぞ、おすわりください」

　ジャックモールは椅子にすわった。

「ああ！……」と、聖具室係はあえいだ。「あなたがやつらに《ここは教会であって、じょうろではない！……》とおっしゃったとき、わたしは気が遠くなりました。実にそのとおりです。なんという才能、司祭さま、なんという才能でございましょう！　そして《神はアルファアルファなどお好きではない》。なんという巧妙さ！」

「しかもそれはまったくの真実じゃ！」と、司祭は認めた。「だが、このかたをお待たせしてはいかんから」

「わたしは洗礼のことでまいったのですが」と、精神科医は説明した。

「思い出しました、思い出しました」と、司祭は能弁になって言った。「それではと……今日の午後してさしあげます。全員四時に集まってください。四時二十分前に鐘を鳴らしますから。午後。まちがいなく」

「ありがとうございます、司祭さん」と、ジャックモールは言って立ち上がった。「もう一度申し上げますがほんとうにすばらしかったです。あなたは……叙事詩的でした」

「ああ！」と、聖具室係が言った。「叙事詩的、まさしくぴったりの言葉です。叙事詩的。ああ、司祭さま！」

司祭はうっとりしてジャックモールに手を差し出した、そして相手が出した手をはげしく振った。

「こんなに早くお帰りで残念ですな」と、彼は言った。「喜んでいっしょに昼食でもと思ったのですが……だが、あまりお時間をさいてもなんだから……」

「ちょっと急いでいますので」と、ジャックモールは言った。「また今度。ありがとうございます。ブラヴォー！」

彼は大股で帰路についた。本堂は薄暗くひっそりしていた。雨はもうほとんどやんでいた。戸外では、ふたたび太陽がさしていた。熱い靄《もや》が地面から立ちのぼっていた。

18

「なんてまがぬけてるんだ」と、ジャックモールは考えた。「おなじ日に二度教会行きか、今後十年間たぶん二度と足を踏み入れることはないだろうな。あるいは九年半かもしれないが」

彼は大広間にすわって待っていた。メイド、アンジェル、クレマンチーヌのたてるたくさんの足音が、天井の厚みと砂岩のタイルによって弱められて二階に響いていた。ときどき二人の赤ん坊のうちの一人の鋭い泣き声が、それら全部を苦もなく突き破り、ジャックモールの鼓膜の回りにからみつきにやってきた。ノエルかジョエルだ。シトロエンはけっして泣かなかった。

メイドのキュブランは、藤色の大きなリボンのついた薔薇色のタフタの洗礼服を着て、黒い靴に黒い帽子をかぶっていた。彼女はほとんど動くこともできなかった。なんでも指先でつまんだ。で、すでに花瓶を三つこわしていた。

アンジェルはふだんのような服装をしていた。クレマンチーヌは黒いズボンに、それと似合ったテーラードの上着。三人の赤ん坊は刺繡したセロファンの容器のなかで輝いていた。

アンジェルは車を出しに降りていった。

クレマンチーヌはノエルとジョエルを抱き、シトロエンはメイドに託していた。ときどきシトロエンは母親をながめ、か弱い口を震わせていた。彼は泣いていなかった。シトロエンはけっして泣かなかった。クレマンチーヌはときたまシトロエンに皮肉なまなざしを投げ、ノエルとジョエルにキスするようなふりをした。

車が玄関の階段の前にきて、一同は外に出た。最後はジャックモール。彼は式のあとで村の子供たちや獣にやる、ボンボンや、金や、犬用ビスケットの袋を持っていた。

空はいつものように不変の青色で、庭は緋色と金色とに輝いていた。

車は発進した、アンジェルは子供がいるので静かに運転していた。

メイドが体を動かすたびに、タフタの大きな音がきこえた。それはとてもきれいなドレスだった。けれどもジャックモールはもう一枚の、彼女の体の線をもっとはっきり見せる畝織《ピケ》りのドレスのほうが好きだった。こちらのを着ていると、彼女はまさしく田舎者に見えたのである。

19

九月二日

ジャックモールのまわりで闇が濃くなっていた。机に向かってすわり、彼は瞑想にふけっていた。なんともいえぬ疲れから、明かりをつける気にもならなかった。それは疲れる一日、疲れる一週間の最後の一日だった、で、彼は魂の安らぎを回復しようとしていたのである。熱と興奮とのこの数日のあいだ、彼はほとんど精神分析をしたいという欲求を感じなかった、けれども今こうして一人で部屋でくつろいでいると、一時イメージの過剰によって隠されていた空虚さと情熱の欠如が、明確かつ不安に立ち戻ってくるのが感じられた。はっきりした決心もなく、欲望を奪われて、彼はメイドがドアをたたくのを待っていた。

ニス塗りの部屋は暑かった、そして木材のよい匂いがした。近くの海は大気の燃える呼気をやわらげ、大気を安らぎをもたらす甘美なものにしていた。戸外では、ときおり鳥の鳴く声や鋭く虫がこする音がきこえた。

それから、ドアが爪で軽くノックされた。ジャックモールは立ち上がり、ドアを開けにいった。若い農婦がはいってきて、臆病さのためすくんでその場に立っていた。ジャックモールは微笑していた。彼はスイッチを操作して、念入りにハッチを閉じた。

「どうだい？」と、彼は言った。「こわいかい？」

彼はただちに自分の下品さをよくないと思った、だがすぐまたあとで下品な人間の感情を害することはありえなかったと反省して、それを許した。

「すわれよ……そこへ……ベッドの上に」

「とってもできません」と、彼女は言った。

「さあ、さあ」と、ジャックモールは言った。「こわがるんじゃない。横になって楽にしろよ」

「着物を脱ぎます？」と、彼女は尋ねた。

「好きなようにしろよ」と、ジャックモールは言った。「もし脱ぎたかったら脱ぎたまえ、そうでなかったらやめろ。楽にしろ……ぼくの要求はそれだけだ」

「あなたもお脱ぎになる？」と、彼女はいくぶん大胆になって尋ねた。

「おいおい」と、ジャックモールは抗議して言った、「きみはここに精神分析のためにきたのかい、それとも姦淫のためにきたのかい？」

彼女は恥ずかしそうに顔を伏せた、そしてジャックモールはこれほどの無知を前にして少し興奮した。

「わたしはそんなおおげさな言い方はわかりません。なんでもあなたのおっしゃるとおりしたいだけです」

「だって、きみのしたいことをしろと言ってるじゃないか」と、ジャックモールは言い張った。

「わたしはしなくちゃいけないことをみんな言われたほうがいいんです……命令するのは、つまりわたしじゃありませんわ……」

「じゃあ、そのまま横になれよ」と、ジャックモールは言った。

彼は机のところに戻ってすわった。彼女は彼を上目づかいにながめていたが、決心して、巧みな手つきで洋服を脱いだ。それはふだん着の一つで、洗礼から帰ってまた着ていたのであり、どうということもない花模様の綿の服だった。

ジャックモールは彼女を子細にながめた――いくぶんずっしりして、格好よく肉がつき、胸はまるまるとして脂肪が多く、まだお産で腹の形がくずれるということもなかった。彼女はベッドに横になりにいった。ジャックモールは彼女が帰ったあと一人で寝るとき、この女の臭いに悩まされることになるだろうなと考えた。

彼女は所在なげにぶらぶらと歩き回った。だがそれもおそらくまだ羞恥心が残っているせいだった。

「いくつだい？」と、ジャックモールは尋ねた。

「二十歳です」と、彼女は言った。

「生まれは？」

「村です」

「どんなふうにして育った？　いちばん昔の思い出はなんだね？」

彼は彼女に安心感を与えるため気軽な調子でしゃべっていた。

「おじいさん、おばあさんのことを覚えてるかい？」

彼女はしばらく考えた。

「そのためにわたしを呼んだんですの？」と、彼女は尋ねた。「そんなことをきくために？」

「そのためもあるさ」と、ジャックモールは慎重に言った。

「そんなのあなたに関係ないことよ」

彼女は起き上がって、脚をベッドの外に出してすわった。

「わたしとするの、しないの？」と、彼女は尋ねた。「わたしはそのためにきたんだわ。よくご存じでしょう。わたしはしゃべるのは下手です。でも、わたしをからかっていることぐらいわかりますわ」

「だったら出ていけ！」と、ジャックモールは言った。「おまえは性悪女だ。明日また来い」

そのあいだに、彼女は立ち上がっていた。精神科医の前を通りすぎた、その胸の盛り上がりが彼の心をゆすぶった。

「さあさあ」と、彼は言った。「ベッドの上にいろよ。今すぐいくから」

彼女はいくぶん息をはずませながら、すぐさまもとの場所に戻った。ジャックモールが近づくと、体のむきを変えて尻を差し出した。生け垣の背後で朝そうしたように、その姿勢で彼女を抱いた。

20

アンジェルはクレマンチーヌのかたわらで横になっていた。三重のベッドでは、三人の子供が夢も見ず、不安に小さく鼻を鳴らしながら眠っていた。彼女は眠っていなかった。彼はそのことを知っていた。一時間前から、二人はそうして暗がりのなかで互いに相手のそばにいた。

彼は涼しい一角を求めて場所を変えた。その動作の途中、偶然脚がクレマンチーヌの脚にさわった。彼女は飛び上がっていきなり明かりをつけた。アンジェルはいくぶんうつらうつらしながら、彼女の顔を見ようとして枕に肘をついた。

「どうしたんだい？」と、彼は尋ねた。「ぐあいが悪いのかい？」

彼女はすわって首を振った。

「もうできないわ」と、彼女は言った。

「もうできないってなにが？」

「もうあなたが我慢できないわ。もうあなたのそばでは眠れないわ。たえずあなたがさわろうとしているかと思うと、もうけっして眠れないわ。あなたが近づこうとしてるかと思うと。あなたの脚の毛がちょっとでもわたしの脚に触れるのを感じると、気が違いそうになるの。絶叫したくなるわ」

彼女は張りつめて震える、いっぱいに叫びを押し殺した声をしていた。

「よそへいって寝て」と、彼女は言った。「後生だから。かまわないでよ」

「きみはもうぼくを愛してないのかい？」と、アンジェルは馬鹿のように尋ねた。

彼女は彼の顔を見た。

「もうわたしはあなたに触れないわ――まあどうかしらね、触れるでしょうね。でもあなたがわたしにさわるなんて、たとえ一瞬でも、とっても考えられないの。ぞっとするの」

「気でも違ったのかい？」と、アンジェルは言った。

「いいえ。あなたとの肉体的接触はすべて身の毛がよだつの。わたしはあなたのことを好きよ……ということは、つまりあなたが幸福であればいいと思ってるわ……でもこんなのはいや……こんなのはあんまりわたしの苦痛が大きいんですもの。そこまで犠牲をはらいたくないわ」

「だけど」と、アンジェルは言った。「ぼくはきみになんにもしようとなんかしなかったんだぜ。ぼくは姿勢を変えようとしてて、きみに軽くさわったんだ。そんなに騒ぐもんじゃないよ」

「ちっとも騒いでなんかいないわ」と、彼女は言った。「これが今じゃあわたしの普通の状態なのよ。自分の部屋へいって寝て！……お願い、アンジェル。後生だから」

「きみはひどいよ」と、彼は首を振りながらつぶやいた。

彼はクレマンチーヌの肩に手をかけた。彼女は身震いしたが、されるがままになっていた。彼はやさしくこめかみのところに接吻して立ち上がった。

「ぼくの部屋にいくからね」と、彼は言った。「心配しないで……」

「ねえ」と、彼女はさらに言った、「わたしは……いや……その、なんとあなたに言ったらいいかしら……もうしたくないの……二度としたいとなんか思わないでしょうね……べつの女をお探しなさい。焼きもちはやかないから」

「きみはもうぼくを愛していないんだね……」と、アンジェルは悲しそうに言った。

「そのとおりよ」と、彼女は言った。

彼は外へ出た。彼女は自分の場所にすわったまま、かたわらの枕の下にアンジェルがつくったくぼみをながめていた。アンジェルはいつも完全に枕の下で寝ていた。

子供の一人が眠りながら身動きした。彼女は耳を澄ませた。赤子はまた眠り込んだ。手をあげて、彼女は明かりを消した。いまや彼女はベッドを自分一人で占領していた、そしてもはや男が彼女にさわることはけっしてないだろう。

21

自分の部屋で、ジャックモールもまた明かりを消したところだった。遠くで、いっぱいに広がって寝ているメイドのベッドのスプリングが小さくきしむ音が収まった。しばらくのあいだ、彼はあおむけになったままじっとしていた。ここ数日のできごとが眩暈《めまい》を感じるほど踊りまわり、心臓がはげしく鳴った。しだいに彼は緊張がゆるみ、無意識のうちにすべりこんだ——突飛な幻影のざらついた皮紐によって引き裂かれた網膜の上に、疲れた瞼を閉じながら。

II

1

五月七日　火曜日

庭のはるかかなた、夜も昼も海がその髭を剃っている引き裂かれた岬のずっとあちらの断崖の上に、一つの高い岩のかたまりがあった――それは屹立したでこぼこ形の茸《きのこ》であり、強固で人を寄せつけず、颪に鑢《やすり》をかけられて、山羊と羊歯《しだ》以外めったにそこを訪れるものはなかった。岩は家からは見えなかった。人びとはそれを、いくぶん左手のちょうど向き合った個所に水から飛び出している、彼の兄弟である〈海のオトコ〉に対立させて、〈陸のオトコ〉と呼んでいた。〈陸のオトコ〉は三方からは容易に近づけた。けれども北側の面は、たまたまそこを訪れようと思う者に対し、ほとんど乗り越えることのできない、あたかもどこかの意地悪い大建築家《コルビユジエ》が配置したかのような、罠と障害との組み合わせを示し、その側からの登攀《とうはん》をおぼつかなくしていた。

ときたま税関吏たちがそこに訓練にやってきて、一日じゅう、緑と白との縞のはいった綿のシャツをぴったり身につけ、一生懸命新米たちに、それがなければ密輸入者が跋扈《ばっこ》することになるだろう急な登りについての初歩的観念を教え込もうとしていた。

だがその日、〈オトコ〉には人影がなかった。岩にぴったり張りついて、手がかりを確保しながらゆっくり体を持ち上げていくクレマンチーヌにとっては厳しい条件だった。

つい近ごろまでは、東、西、南の側面から頂《いただき》に登ることはいともたやすいことだった。今日は、彼女は徹底的にそれに身を捧げねばならなかった。手がかり一つなく、手の下にあるものと言えばただ〈オトコ〉の脇腹、なめらかで目のつまった花崗岩でしかなかった。

彼女は事実上垂直な斜面に腹ばいになっていた。三メートル頭上に、突出した部分があってつかまることができた。真の労働がはじまるのはそこからだった――なぜなら〈オトコ〉の上部全体が前に張り出していたからである。だが、まずもって、その三メートルを突破しなければならなかった。

ズック靴の端が、斜面に沿って斜めに走る長い割れ目に引っかかって、空間に彼女の体をささえていた。その割れ目にたまった土に、小さな植物が生えていた。それは花崗岩の灰色の地の上に、あたかも教師の襟の折り返しにぬいつけられた農事功労賞の帯のように、緑色の線を引いていた。

クレマンチーヌは、ゆっくりと深く呼吸していた。壁を這う蝿のようにのぼっていく。三メートル。たった三メートルだ。彼女の身長の倍もない。

もっとそばに寄って見ると、たしかにいくぶんでこぼこがあった。要はためしに充分近寄って見ることだった。だが、落ちるのを防ぐにはまったく役立たないのを悟らなくてすむよう、それ以上は近寄らないことだ。

彼女はその偽の突起の二つに手を掛けて、なんとかその場を切り抜けた。はいているズボンの乾いた布地を通して、岩が膝をなでていた。足が緑色の線の三十センチ上に持ち上がった。

彼女は呼吸をし、ながめ、そしてまた取りかかった。十分後には、最後の段階にさしかかる前の棚の上で元気を回復した。額がしめり、こめかみの細い髪の毛が張りついた。流れ出る汗から植物的臭いが立ちのぼるのが感じられた。

ほとんど身動きすることができなかった、というのは回りの空間が限られていたからである。頭をめぐらすと、見慣れない角度で〈海のオトコ〉とその泡の帯がながめられた。すでに中天にのぼった太陽が、海岸の節くれ立った暗礁の回りにきらめく薄片の雲を立ちのぼらせていた。

〈陸のオトコ〉は彼女の頭上で、本の前縁《まえぶち》——四分の三ほど閉じて、おまけに空間のほうに向かって軽く傾いて立った本の前縁——のように終わっていた。そのなかへ突き進んでいかねばならない鋭くかつ遠ざかる角度。

クレマンチーヌは頭を後ろにそらせて、角度をながめ、喜びに静かに喉を鳴らした。彼女は脚のあいだが濡れていた。

2

三人の赤ん坊は、三時《トロワゾクロック》のお乳の前に閉じこめられていた広間のなかで、ハイハイで走り回っていた。彼らは四六時中眠りつづける習慣をなくしはじめ、後脚をいくぶん休めることに喜びを見出していた。ノエルとジョエルは金切り声をあげた。シトロエンはもっともったいをつけて、低い小型の円テーブルの回りをゆっくりと回っていた。

ジャックモールは彼らをながめていた。彼らが幼虫よりは人間に似てきた今となっては、ジャックモールはよく子供たちのところへいった。気候と行きとどいた世話のせいで、彼らは年齢のわりには驚くほど成長が速かった。はじめの二人はなめらかな、薄い色の金髪をしていた。三番目のは生まれた日とおなじく褐色のちぢれ髪で、二人の兄弟よりも一歳は老けて見えた。

子供たちはむろん涎《よだれ》をたらしていた。彼らが絨毯の上で止まるたびに、濡れた小さな染みが印されて、染みは一瞬その製造者の口と、一時的な、柔軟でもろい、結晶した長い糸で結ばれた。

ジャックモールはシトロエンを監視していた。彼は鼻を地面に寄せて、いまや最後の力をしぼって回っていた。それから運動はおそくなり、彼はすわった。視線が円テーブルの上に持ち上がった。

「なにを考えてるんだ？」と、ジャックモールは尋ねた。

「バーバー！……」と、シトロエンは言った。

彼は手を物体のほうに伸ばした。遠すぎる。すわった姿勢をくずさないまま近づいた、そして決然として指で縁をつかむと立ち上がった。

「やったぜ」と、ジャックモールは言った。「そうやってやるもんだぞ」

「バー」と、シトロエンは答えて、手を離し、とたんに尻餅をついてびっくりした顔をした。

「そうら」と、ジャックモールは言った、「手を離しちゃだめだ。簡単なことさ。七年たてばおまえは最初の聖体拝領だ、二十年たてば学校を卒業だ、さらに五年たてば結婚だね」

シトロエンはあまり確信がもてない様子で首を振った、そしてあっというまにまた立ち上がった。

「よし」と、ジャックモールは結論して言った。「よしと、靴屋か蹄鉄工に言っとかなくちゃな。ここじゃ子供はとっても荒っぽく育てるんだ、知ってるだろ。馬には蹄鉄を打つが、馬は打たれたって平気だからな。どっちにするかおまえの母さんの好きにするさ」

彼は伸びをした。なんて生活だ。それに精神分析をする相手もいやしない。メイドのやつはいつまでたっても手に負えない。進歩なし。

「坊やたち、おれがみんなを連れてってやるよ。もう村に何週間も足を踏み入れてないからな」

シトロエンは、いまや円テーブルの回りを、それも立って回っていた。

「おやまあ」と、ジャックモールはそれを見て言った。「おまえは覚えが速いな。要するにおまえはたぶんおれの予定より速く進むのさ。結局のところ、おれがいっしょにぶらつける人間ができるってわけだ」

ジョエルとノエルが興奮の兆候を示していた、で、ジャックモールは時計を見た。

「そうだ、時間だ。もう過ぎてさえいる。だがどうしようもないだろ、遅刻ってやつは誰にでもあることとさ」

ジョエルは泣きはじめた。ノエルがそれに声を合わせた。シトロエンは動かないで、冷ややかな目で二人をながめていた。

クレマンチーヌが着いたのは三時半近かった。彼女はジャックモールがおなじ場所にすわっているのを見つけた。彼は無感動で、三つ児の兄弟が発するギャーギャーという声の響きなど聞いていないように思われた。彼の膝の上では、おなじくらい無感動なシトロエンが、その髭を引っぱって遊んでいた。

「待ってました！」と、ジャックモールは言った。

クレマンチーヌのズボンの左脚は完全に破れていた。彼女自身、頬骨のところに大きな皮下充血ができていた。

「お見受けしたところ、ずいぶんとお楽しみだったようですね」と、彼は言った。

「ええ、まあ」と、彼女は冷たく答えた。「で、あなたは？」

その落ちついた調子は、まだ明らかに彼女の四肢に残っている肉体的興奮と対照的だった。

「なんていう馬鹿騒ぎ！」と、少したって彼女は客観的にながめて言った。

「ええ、子供たちは喉がかわいてます」と、ジャックモールは言った。「彼らはあなたを必要としています、ご承知でしょう、あなたの小石だかなんだかとおなじくらいにね」

「これより早くは来られなかったんです」と、彼女は言った。「いちばんおとなしい子からにします」

彼女は精神科医の膝からシトロエンを取り上げて、もう一つの膝掛け椅子に身を落ちつけた。ジャックモールは慎ましく顔をそむけた――彼女が乳房をあたえているところを見るのは、真白な肌に網目をつくっている青い静脈のせいで苦痛だったからである。その上、乳をやることは、彼には乳房の真の用途からはずれたことのように思われた。

「その子が歩くのを知ってますか……」と、精神科医はつづけた。

彼女は飛び上がった、そしてその動作のために乳首が赤子の口からはずれた……声も立てずに、子供は待っていた。

「歩くですって?」

彼女は子供を地面においた。

「お歩き!……」

シトロエンはズボンにしがみつき、そして立ち上がった。彼女はいくぶん狼狽してまた子供を抱いた。

ジョエルとノエルが、あいかわらず泣き叫びながらハイハイで近づいてきた。

「で、この子たちは?」と、彼女は尋ねた。

「この子たちはだめです」と、精神科医は言った。

「そう」と彼女は認めた。

「まるでその子が歩くのがおいやみたいですね?」と、ジャックモールは言ってみた。

「まあ!」と、クレマンチーヌはつぶやいた、「かわいそうに、まだ坊やたちはそんなに遠くへはいかないでしょう」

シトロエンは飲み終えていた。彼女はジョエルとノエルを胴着をつかんで引き寄せ、胸に押しつけた。

ジャックモールは立ち上がった。

「では、要するに、あなたはずっと子供たちを愛しているんですね？」と、彼は尋ねた。

「とってもいい子のようですわ」と、クレマンチーヌは答えた。「それにこの子たちにはわたしが必要です。あなたは外出なさいますの？」

「わたしは休養が必要です」と、ジャックモールは言った。

「蹄鉄工の店にいってください」と、クレマンチーヌは言った。「シトロエンのために」

「どうしてあなたは子供たちを、村の子供たちとおなじように育てたがるんです？」

「なぜいけません？」と、クレマンチーヌはつっけんどんに言った。「おいやですの？」

「いやです」と、ジャックモールは答えた。

「きざな！」と、クレマンチーヌは言った。「わたしの子供は素朴に育てます」

彼は部屋を去った。シトロエンは彼を見ていた、その顔は、爆撃された石づくりの聖者の顔のように陰鬱だった。

3

メイドがあらわれた。

「お呼びでしたか？」と、彼女は言った。

「この三人を連れてって、着替えをさせて寝かせてちょうだい」とクレマンチーヌは言った。

彼女はメイドの顔をまじまじとながめて言った。

「顔色が悪いわね」

「え！　奥さまそうお思いになります？」

「あなたまだジャックモールと寝ているの？」と、クレマンチーヌは尋ねた。

「はい」と、メイドは言った。

「いったいあの人はあなたになにをしているの？」

「まあ」と、メイドは言った、「わたしとしてるんです」

「で、あなたに質問するの？」

「いつだって」と、メイドは言った。「感じている余裕もないときだって、わたしに質問するためそばにいるんです」

「絶対答えちゃだめよ」と、クレマンチーヌは言った、「そしてもう彼と寝ないようになさい」

「悲しいですわ」と、娘は言った。

「いやらしい子ね。あなたも子供をささえられたらずっと進歩するわよ」

「そんなことまだ起こってません」

「起こるわよ」と、クレマンチーヌは身震いしてつぶやいた。「とにかく、あなたはもう彼と寝ないほうがよくってよ。ほんと、いやらしい話だわ」

「ほんとうに、わたし」と、娘は言った、「二人がどうしたらいいのかまるっきりわかりません」

「出ていって」と、クレマンチーヌは言った。

メイドのキュブランは三人の子供を集めて出ていった。

クレマンチーヌは部屋に戻った。服を脱ぎ、オーデコロンで体をこすり、顔の打撲傷の傷を洗い、体操をするため床にあおむけになって寝た。

体操のあと、床からベッドに移った。今度は授乳の時間に遅れまい。赤ん坊にとっちゃあ、そんなふうに待つなんてなんでもない。赤ん坊ってものはちょうど必要なとき食べればよいので、あとはどうだっていいことだ。

アンジェルはこの上もなく悲嘆に暮れた姿でベッドに寝ころがっていたが、ドアが三回ノックされるのをきいて目を上げた。

「はい！」と、彼は言った。

ジャックモールがはいってきて状況を解説した。

「当然のように、あいかわらずなんにもしないで……」

「あいかわらず」と、アンジェルは答えた。

「どうですか?」と、精神科医は尋ねた。

「まあね」と、アンジェルは言った。「熱があります」

「見てみましょう」

彼はアンジェルに近づいて脈を計った。

「まったくですね」と、彼は認めた。

彼はベッドに腰をおろした。

「足をどけてください」

アンジェルは反対側に体を移し、そしてジャックモールはすわったまま髭をなではじめた。

「またなにをやらかしたんですか?」と、彼は尋ねた。

「よくご存じでしょう」と、アンジェルは言った。

「女の子を捜したんですか?」

「女の子を見つけました」

「で、寝ました?」

「だめなんです……」と、アンジェルは言った。「二人でベッドにはいったとたん、また熱が出てきて」

「クレマンチーヌはもう全然いやだと言うんですか？」と、ジャックモールは言った。

「もう全然」と、アンジェルは言った。「で、他の女だと熱が出ますし」

「良心が咎《とが》めるんですよ」と、ジャックモールは言った。

アンジェルはいたずらっぽく微笑した。

「わたしがいつかそう言ったとき、あなたは不愉快がりましたよ」

「そりゃあ」と、ジャックモールは言った、「聞くのは愉快じゃありませんからね……特に自分は全然良心なんか持ち合わせがないときには」

アンジェルは返事をしなかった。あきらかに彼はかなり気分が悪そうだった。襟のボタンをはずしていて、むさぼるように五月の空気を吸っていた。

「奥さんに会ってきました」と、ジャックモールは、彼の気分をいくぶんまぎらそうとして言った。「子供たちはものすごく成長しています。シトロエンは立てます」

「かわいそうに」と、アンジェルは言った。「あの年齢で……そんなことしたら脚が曲がっちゃう」

「いいえ、そんなことはありません」と、ジャックモールは言った。「彼が立てるということは、脚が充分体をささえられる証拠です」

「自然のままにさせておきましょう……」と、アンジェルはつぶやいた。

「奥さんはわたしに蹄鉄工を呼びにいかせようとしています。奥さんがいくぶん乱暴に育てやしないかと心配じゃありませんか」

「わたしはなんにも言えません」と、アンジェルは言った。「苦しんだのはあれで、わたしじゃありません。ですから彼女は権利があるのです」

「認めませんね」と、ジャックモールは言った、「苦痛みたいな無益なものが、たとえどんな権利だろうと、誰にだろうと、なんについてだろうと、権利をあたえるなんてことは」

「彼女はほんとうに子供たちを虐待しているんですか？」と、アンジェルは、それにはべつになにも答えようとせず尋ねた。

「いいえ。彼女は自分に対してよりきびしいのです。でも、それも理由にはなりません。すべては自己欺瞞等々ってことですよ」

「わたしは彼女は子供たちを愛していると思いますよ」と、アンジェルは言った。

「えー……そうですね……」と、ジャックモールは答えた。

アンジェルは黙った。彼はぐあいが悪かった、それがはっきりわかった。

「あなたはなにか気晴らしを求めなくちゃいけませんね」と、ジャックモールは言った。

「船遊びをなさい」

「船がありません……」と、アンジェルは答えた。

「船をお作りなさい」

「それもいい考えですね」と、相手は口のなかでぶつぶつ言った。

　ジャックモールは黙った、そして立ち上がった。

「蹄鉄工を呼びにいってきます。彼女がどうしてもと言うんですから」

「明日いけばいい」と、アンジェルが提案した。「かわいそうなあの子にもう一日暇をおやりなさい」

　ジャックモールは首を振った。

「どうですかね」と、彼は言った。「もしあなたが反対なら、自分で言ったらどうですか？」

「わたしは頭が上がらないんです」と、アンジェルは言った。「それに、彼女のほうが正しいと思います。母親ですから」

　ジャックモールは肩をすくめて部屋を出た。タイル張りの大きな階段が、急ぐ足の下で震えていた。彼は大広間を横切って表に出た。春が大地に無数の驚異を詰め、それがあちこちにまだらな色の炎となって、青草の玉突き台の豪華な鉤《かぎ》裂きのように爆発していた。

4

翌日は水曜日だったので、ジャックモールは村にいくのに、老人市《いち》が開かれている大通りと広場を避けるようにした。集落を横切る前に、家々の背後に沿った小道のほうへ斜めに進んだが、そこには農夫たちがニセイラクサと呼んでいる緑色で、ちくちく刺す、繊維質の野蛮な植物が生えていた。

猫が塀の笠石や窓の縁に寝そべって、のらくら日なたでじゃれていた。すべては静かで死んだようだった。精神科医はたえず心を悩ます倦怠にもかかわらず、神経が静まり、全細胞的に自分が機能しているのを感じた。

彼は右手の家々のかなたには、赤い小川が縁まで水をたたえて流れているのを知っていた、そしてまた、もう少し先では小川は左に曲がっているのを知っていた。だから小道がおなじ角度で曲がるのを見ても驚かなかったし、そこから農場はみなあきらかに奥行きが一定だと結論されると考えた。

ひとかたまりの人びとが、何十メートルか先でなにか複雑な仕事をしているらしく思われた。急いで行動の現場に向かっているとき、一つの叫びが敏感な彼の鼓膜を打った。それは驚愕による苦痛の叫びで、両者が合わさって怒りに近く、しかもある受け身のニュアンスがこもっているのをジャックモールは聞きのがさなかった。

足と脈搏が速まった。農夫たちが、ごつごつした樫材の高い門の前で、一頭の馬を磔《はりつけ》にしていた。ジャックモールは近づいた。六人の男が動物を木の羽目板に押しつけていた。

七人目の男と八人目の男が、左の前脚を釘づけにするのに忙しかった。釘――頭が光った大工の使う大型の釘――がすでに骹《あくと》を貫き、血の糸が動物の褐色の毛の上を流れていた。それがジャックモールがききつけた苦痛の叫びの原因だった。

農夫たちは、精神科医のことなどまるで非常に遠いところ、たとえば西インド諸島にでもいるようにいっこう気にかけず仕事をつづけた。ただ馬だけが、涙の流れる褐色の大きな目でじっと彼を見つめ、あわれな弁解の微笑を見せようとして長い歯をむき出した。

「こいつはなにをしたんです？」と、精神科医はおだやかに尋ねた。

見物していた五、六人の男のうちの一人が、平然として答えた。

「こいつは種馬なんだ。ふしだらをしでかしたのさ」

「そんなにたいしたことじゃないですね」と、ジャックモールは言った。

相手は返事をせずに地面に唾を吐いた。いまや種馬の右脚が釘づけにされていた、そしてジャックモールは、大槌でたたき込まれる釘の尖端が、苦痛のため色の曇った毛皮を突き破るのを見て身震いした。さきほどとおなじように、馬は短い、恐ろしい叫びをもらした。死刑執行人たちが脚を重い扉に押しつけようとして力を込めたため、肩が異常に引っぱられてめりめり音をたてた。馬は肘をいくぶん曲げていた。脚が、苦しみにあふれた頭を囲んで互いに鋭角を形づくっていた。はや血に刺激された蠅が釘の回りにやってきて、足を血の黐《もち》にからませていた。

臀部を押さえていた連中が離れた、そして蹄の内側の面を、門の下のほうをとめている四角い門に押し当てた。ジャックモールは凍りついて、細かいどんな作業からも目を離さなかった。彼は喉の奥に剃刀の刃がはえてくるような感じがし、やっとの思いでそれを飲み込んだ。種馬の腹は震え、巨大な性器がちぢこまって、皮膚のなかにめりこんでいくように思われた。

道の向こう側からざわめく声がきこえてきた。ジャックモールがそれまでくるのに気がつかなかった二人の男——一人は大人、一人は少年が近づいてきた。年とったほうは手をポケットに突っ込んで歩いていた。彼は毛むくじゃらの大男で、ぴったりとした肌着から腕をあらわにし、焦げた皮の前掛けが脚にばたばた当たっていた。若いほうの男は、貧相で病弱な小僧で、白熱した炭でいっぱいの重い鉄鍋を引きずっていたが、その鍋からは真赤になりかけた鉤の柄が飛びだしていた。

「蹄鉄屋がきたぞ……」と、誰かが言った。

「まったく」と、ジャックモールは小声で意見を言わずにはいられなかった、「みなさんはこの動物に対してずいぶんきびしいですね？」

「これはただの動物じゃない、種馬だぜ」と、農夫が言った。

「たいしたことはなにひとつしてないじゃないですか」

「こいつは自由だったのさ」と、男は言った。「ふしだらさえしなきゃあよかったんだ」

「だってそいつはこの馬の義務ですよ」

小僧は鍋を地面においた、そしてふいごを使って火をおこした。親方はちょっとのあいだ鉤で炭のなかをかき回した、ほどよいと判断した瞬間、鉤をつかんで種馬のほうに向き直った。

ジャックモールは顔をそむけて逃げ出した。拳を耳に押し当て、前腕をぴったり首につけたぶざまな格好で、馬の絶望した絶叫をきかなくてすむよう自分でも悲鳴をあげながら走った。そして教会のすぐそばだと知っている小さな広場まできて止まった。両手が体に沿って垂れ下がった。今手軽な木の橋を渡ってきた赤い小川が、さざ波一つなく、不動に、くっきりと流れていた。もう少し先にはラ・グロイールが、歯のあいだでぼろぼろにくずれる青白い肉の断片を小舟に持ち帰るため、あえぎながら泳いでいた。

5

ためらいながら、ジャックモールはあたりを見回した。だれ一人取り乱した彼の逃走に気づいた者はなかった。教会はそこにあった、卵のように、そこから彼を飲み込む穴にも似た青いステンドグラスとともに。内部では歌をうたうざわめきがきこえた。ジャックモールは回りを一周して、それから急がずに階段をのぼった。中にはいった。
司祭は祭壇の前に立って、拍子を取っていた。二十人ばかりの子供が最初の聖体拝領の聖歌を合唱していたが、精神科医はその狡猾な文句に強い印象を受けたので、もっとよく聞こうとして祭壇に近寄った。

山査子《さんざし》、それは花
脂肪、それは脂肉《あぶらみ》
糞《くそ》……、それは幸福
イエス、それはほかのなによりすてき。
草、それは動物のため
肉、それはパパのため
髪、それは頭のため
イエス、それはほかのなによりすてき。
イエス、それは特別配給《ラビユクス》
イエス、それはおまけ《プリユクス》
イエス、それは贅沢……

精神科医はその瞬間、この聖歌の作者は司祭であることに気がついた。この歌詞をもらうことは簡単だと考えて歌声に注意をはらうのはやめた。音楽が動揺した彼の心にいくぶん落ちつきを取り戻させていた。司祭の反復練習の邪魔をすまいと考えて、彼は音を立てずにすわった。教会のなかは涼しかった。子供たちの声が内壁のぎざぎざの装飾にこだまを引っかけて、広い建物のうちに鳴り響いた。ジャックモールはあちこち目を走らせるうちに、蓋《ふた》つきの説教壇が元の位置に直してあり、二つの巨大な蝶《ちょうつがい》番のせいで今ではひっくり返ってもなにもこわれないようになっているのに気がついた。彼は自分が三人の赤ん坊の洗礼のとき以来一度もここにきたことがないのを自覚して、なんと時間のすぎるのは速いのかと考えた——そして時間は実際にすぎていた。というのはすでに影が青いステンドグラスのきびしさを和らげ、子供たちの声がよりおだやかになっていたからである。音楽と闇とはそうしたものであり、二つが結合すれば巧みに人をしんみりさせ、魂に包帯をしてくれるのだ。

彼は心が安らいで表に出た。そして帰ったときクレマンチーヌにこづかれないよう蹄鉄工に会いにいかねばならないと考えた。

もう暗くなりかかっていた。ジャックモールはほんのり漂う角《つの》の焼ける臭いを鼻でかぎかぎ、村の広場に向かった。道に迷わないため目を閉じた、と鼻孔が、小僧がさかんにふいごを使って鍛冶場の火をおこしている薄暗い店に連れていってくれた。戸口の前で一頭の馬が、最後の蹄鉄を打たれるのを待っていた。四肢の下のほうの部分を除いて剪毛《せんもう》機をかけたばかりのところだった。で、ジャックモールはみごとな丸い尻、いくぶんくぼんだ背、力強い胸前《むなさき》、花壇を縁取るツゲのような硬いブラシ状のたてがみに見とれた。

蹄鉄工が暗い穴から出てきた。それはまさしく一時間前、ジャックモールが道を通ったときに見た、種馬を拷問しにやってくる男だった。

「今日は」と、ジャックモールは言った。

「今日は」と、蹄鉄工は答えた。

彼は右手の長いやっとこの先に、真赤な鉄の一片をはさんでいた。左手の端には、重い槌がぶらさがっていた。

「足を上げろ」と、彼は馬に言った。

馬は命令に従い、一瞬の間に蹄鉄を打たれた。炭化した角《つの》の強い青色の煙がほとばしって、空気が暗くなった。ジャックモールは咳をした。馬は脚を地面におろして蹄鉄をためした。

「いいか？」と、蹄鉄工は尋ねた。「小さすぎやしないか？」

馬はだいじょうぶという合い図をして頭を蹄鉄工の肩の上に乗せ、蹄鉄工はその鼻づらをなでてやった。それから動物は落ちついた足どりで立ち去った。地面には床屋の店のなかのように、たくさんの小さな毛のかたまりが落ちていた。

「おい！」と、蹄鉄工が小僧に叫んだ。「きてこいつを掃け！……」

「へい」と、小僧の声が言った。

蹄鉄工は戻りかけた、そこでジャックモールはその腕に手をかけた。

「ちょっと……」

「なんだね？」と、蹄鉄工は尋ねた。

「断崖の家にきてもらえませんか？　子供の一人が歩けるんです」

「急ぎかね？」と、男は尋ねた。

「ええ」と、ジャックモールは言った。

「自分で来られないのかね？」

「だめです」

「考えてみよう」と、蹄鉄工は言った。

彼は鍛冶場にはいったが、途中古ぼけた箒《ほうき》を持った小僧とすれちがい、小僧は散らばった毛を集めて不愉快な格好の山にしはじめた。ジャックモールは入り口のところまで進んだ。ひどく暗くて、火に目がくらんだ——その火のオレンジ色の斑点が、物の上にちぐはぐな影を飛び散らせていた。斑点のそばにジャックモールは鉄床《かなとこ》と、そしてその横の鉄の台の上に長く伸びた、人間のような形をした漠然とした物の形をみわけることができたが、その物に戸口から射す光が金属的な灰色の反射をまとわせていた。

　だがすでに、蹄鉄工は手帳をながめたあとでこちらを向き、ジャックモールのほうに引き返してきた。彼はジャックモールが近寄っているのを見て眉をひそめた。

「外にいてくれ。ここは粉挽《ひ》き場じゃない」

「ごめんなさい」と、ジャックモールは強く好奇心を引かれてつぶやいた。

「明日いくよ」と、蹄鉄工は言った。「明日の朝十時だ。みんな準備しといてくれ。おれはあんまりむだにしている時間はないからな」

「承知しました。ありがとう」と、ジャックモールは言った。

　男は鍛冶場に帰った。毛を集め終えた小僧はそれに火をつけた。ジャックモールはその悪臭にあやうく卒倒しかけて、大急ぎで立ち去った。

　帰り道、彼は仕立て屋兼小間物屋を見つけた。窓ガラスの背後の明るい部屋のなかに、はっきり一人の老婆の姿が見受けられた。老婆は、イギリス風の刺繍のついた緑と白の服を縫い上げようとしていた。ジャックモールは立ち止まり、考え込んで、また出発した。家に着く少し前、彼はクレマンチーヌが何日か前にまったくおなじ服を着ていたのを思い出した。イギリス風の刺繍のついた襟と袖口がある、緑と白の縞の服だ。けれども、クレマンチーヌは村で洋服を仕立てさせてはいないはずだ。いやそうなのか、ちがうのか？

6

三月九日

　ジャックモールは起きかけていた。メイドをしゃべらせようとしてむなしくすぎた一夜。そしていつものように、結局二人は行為を行なったのだった——依然メイドの許す唯一の体位であるあの奇妙な四足獣的姿勢で。ジャックモールはこうしたうんざりする無言の行に疲れていた。加えて、彼の明確な問いに対して彼女から出されるのが漠然とした答えだけであることに落胆した。彼の心を慰めてくれるのは手の臭い、娘のセックスの臭いばかりだった。娘がいないときは、彼は彼女に対し腹を立て、幼稚な議論を準備していた、ところが彼女にまた会ったとたん、沈黙と無気力によって無力化されてしまう——それは面と向かって戦うにはあまりに自然であり、心のなかに完全な失望以外のものを生じるにはあまりに単純な沈黙や無気力だった。彼は手のひらの臭いを嗅いだ、頭のなかで自己の所有物を導き、所有を強化している自分の姿を思い描いた——その思い出によって、疲れていたにもかかわらず、肉体が興奮しかけた。

　身づくろいを終え、手は洗わずに、アンジェルに会いにいくことに決めた。だれか話す相手がほしかったのである。

　アンジェルは部屋にいなかった、これは三回の連続ノックの三系列に対する答えの欠如によって絶対的に証明されたことだったので、彼はおなじ方法によって他の部屋をも検討し、その結果当事者は外出中と結論した。

庭から鋸《のこぎり》の音がきこえてきた。彼はそちらにおもむいた。

小道へと曲がりながら、こっそり、彼は指の臭いを嗅いだ。臭いは残っていた。

鋸のシューシューいう音はいっそうはっきりしてきた。車庫の方角にアンジェルが青い布地のズボンをはいて、上着は着ずに、二つの台架の上に乗せた重い厚板を挽《ひ》いている最中なのが見えた。

ジャックモールは近づいた。厚板の端がいびつな形に割れて、鈍い響きとともに地面に落ちた。まだ真新しい、樹脂を含んだ黄色い鋸屑《のこくず》の山が、すでに台架の下につもっていた。

アンジェルは身を起こして鋸をおいた。精神科医に手を差し出した。

「どうですか」と、彼は言った。「あなたの忠告にしたがってますよ」

「船ですか?」と、ジャックモールは尋ねた。

「船です」

「あなたは船が作れるんですか?」

「たいした性能のを望んじゃいません」と、アンジェルは言った。「とにかく浮かびさえすればね」

「じゃあ、筏《いかだ》をお作りなさい」と、ジャックモールは言った。「それなら四角です。ずっと簡単ですよ」

「ええ」と、アンジェルは言った。「でも美しさは劣りますね」

「水彩画みたいなもんですね」と、ジャックモールは言った。

「水彩画みたいなもんです」

アンジェルは鋸をおいて、今切ったばかりの厚板を持ち上げた。

「そいつはなんに使うんですか？」と、ジャックモールは尋ねた。

「わかりません」と、アンジェルは言った。「とにかく今のところは汚ない端を切っているんです。きれいなのを使って仕事をしたいですから」

「仕事が倍になりますよ……」

「ちっともかまいません。他になんにもすることがないですから」

「おかしいですね」と、精神科医はつぶやいた。「あなたは材料をきちんとそろえることからはじめなくちゃ、仕事ができないんですか？」

「できるでしょう、でもしたくないんです」

「あなたはずっと前からそうなんですか？」

アンジェルは、軽い皮肉の色を目にたたえて彼を見た。

「さあ、そいつは正規の質問ですか？」

「とんでもない！……」と、ジャックモールは、片方の鼻がつまったのでそちら側だけ洟《はな》をするという口実のもとに、指を鼻の下にやりながら抗議した。

「またお仕事ってわけですかね？」

「いいえ」と、ジャックモールは言った。「他人に興味を持たないとしたら、誰に興味を持てばいいと言うんです？」

「あなた自身ですよ」と、アンジェルは言った。

「わたしが空《うつ》ろなのはよくご存じでしょう」

「なぜだか自分で考えてみれば？　それだけでちっとは自分を満たすってことになるでしょう」

「くだらない」と、ジャックモールは言った。

「あいかわらず誰も精神分析をする人間はいないんですか？」

「だれも……」

「動物にやってごらんなさい。だったらすぐできますよ」

「どうしてそれをご存じなんです？」と、ジャックモールは言った。

「本で読みました」

「本に書いてあることをみんな信じちゃいけませんよ」と、精神科医はしかつめらしく言った。

右の親指の内側は、まさしく特徴的な臭いが残っていた。

「とにかくやってごらんなさい」と、アンジェルは言った。

「実はあなたに言おうと……」と、精神科医は言いかけて急にやめた。

「言うってなにを？」

「いや」と、ジャックモールは結論して言った。「あなたには言いますまい。ほんとうかどうか自分で確かめてみます」

「推測のたぐいですか？」

「仮説です」

「けっこうです」と、アンジェルは言った。「要するにそれはあなたの問題ですから」

彼は車庫のほうを振り返った。開いた戸口から自動車の後部が見えた、そして右手のほうに壁にもたせかけた柔軟にしなう、からげた板の山が。

「材木はたくさんありますね」と、ジャックモールは認めた。

「結局、かなり大きな船になりそうです」と、アンジェルは言った。

彼はなかにはいり、一枚の板を選んだ。ジャックモールは空をながめた。雲一つなかった。

「じゃあわたしは行きます」と、彼は言った。「村に行きます」

「成功を祈ります！」

鋸の音がすぐまたはじまり、ジャックモールが車庫から遠ざかるにつれて小さくなった。

庭の格子の門のところまでくると、音はもうきこえなかった。彼は埃だらけの小道を歩きだした。あちらでアンジェルと話をしているとき、突然、村はずれの塀の上に腰をおろしている大きな黒猫のことを思い出したのである。彼のことを認めてくれた数少ない人物の一人。

あの塀はおそらく猫のお気に入りの場所なのだった。彼はそれを確かめようと足を速めた。同時に親指を鼻の下に持っていき、深く息を吸った。臭いはまざまざと物の形を描き出した――メイドのがっしりした背中、そして彼のお突きを受けて弓なりに曲がった丸い腰にくっついている自分自身。歩く元気を出させてくれる姿だった。

7

三月二十四日

風が道の上に藁屑《わら》を引きずっていた――戸の細い割れ目を通して家畜の寝藁から引き抜いてきた藁、穀物倉の付近に舞う藁、日なたに忘れられた稲塚の古い藁。風は朝起こったのだった。それは波しぶきの白い砂糖を取ろうとして海面を削った。ヒースにさかんに金切り声をあげさせながら断崖をよじ登った。そして今家のまわりを回っていた――どんな小さな片隅にも警笛の音をたてさせ、あちこちで他のより身軽い瓦を持ち上げ、去年の秋の木の葉、堆肥に吸われるのを免れて褐色に変わったすかし模様のような葉をころがし、車の轍から灰色の埃の幕を引き出し、風のおろし金によってかつての水たまりの乾いた皮をむきながら。

　村のはずれに旋風《つむじかぜ》が起こっていた。細枝や雑草が、はっきりしない円錐形の頂点となって旋回しはじめた。高い灰色の塀のそばに、一つの黒くて、スポンジ状で、可塑的《プラスティック》なものがあった。旋風の尖端は思いがけないジグザグを描いてそれに近づいた。それは空《うつ》ろで軽い黒猫――実体がなく、ぼんやりとした、乾いた黒猫のぬけがらだった。旋風は骨と皮ばかりでがたがたになったそのものを、ちょうど浜に舞う新聞のように、おおげさな無器用な動作で路上にころがした。風が丈の高い草の尖端に、鋭い響きの線を張っていた――グロテスクな跳躍によって猫の亡霊は地面を離れ、また斜めに落っこちた。風向きが急に変わって猫の亡霊を生け垣に張りつけ、それからまたつぎのワルツを踊らせるため、この骨抜きの操り人形をつかまえた。猫は突然斜面の上に飛び上がった、というのも道が曲がっていたからである。猫は畑を横切った。出かかった穂の緑の切っ先のあいだを、穂に触れて電気を帯び、酔った鳥にも似てぴょんぴょんと飛びながら突っ走った――日なたに忘れられた古い積み藁のように乾燥した植物の、完璧な空ろ状態になりながら。

8

三月三十日

ジャックモールはひととびで道に達し、さわやかな空気を吸った。彼は多数の新しい匂いを知覚し、その匂いは彼のうちに錯綜した思い出を呼び起こした。彼が黒猫の精神の総体を吸収した一週間以来というもの、ジャックモールは驚愕に驚愕を重ね、この複雑で強烈に情緒的な世界のうちでいかに生きぬいていくかを非常な労苦とともに学んだ。彼がその結果、真に新しい行動様式を獲得したというのは誤りだった。彼の生理的習慣、基本的反射作用はすでにあまりにも深く身についていたので、黒猫のそれと接してもさして変わることはなかったし、弱さと釣り合った強さというのも効果の少なさを説明していた。彼は今では、自分が足で耳を掻いたり、顎を両拳の上に載せてうずくまって寝たりしたいという欲求を感ずると人に信じさせる——そして自分にも納得させる——ため、いろいろなことをしたのがおかしかった。だが、欲求と感覚、さらには思考の総体は残っていて、それが底の浅いものであると同時に、大きな魅力を持つことを予感していた。たとえばこのカノコソウである。彼は何メートルか先にカノコソウの茂みが生えていることを感じた。

もっとも彼は故意にそれに背を向けて、村とは反対の方角に断崖の道をたどった。たいへんよいと思う考えが彼を導いていたのである。

彼は切りたった海岸に出て、苦もなく、たぶん転落する石が線を引いたのだろう、かろうじて道筋が示されている一本の細道を発見した。躊躇することなく、彼は空間のほうに背を向け、手の助けを借りながらその道を降りはじめた。足の下でばらばらと幾つかの小石がはずれたとき、ある種の興奮に襲われた、だが疑いもなく彼の進歩はいまだかつて見られないほどの柔軟な確かさを示していた。まばたく間もなく断崖の下に着いていた。海は潮が引き、転落した小石の細い帯があらわれていたが、その帯は切り立った岩に囲まれ、深い池がいくつも穴をあけていた。ジャックモールは活発な足どりでその池の一つのほうに向かった。縁について、適当な一角を選び、袖をたくし上げてしゃがみこんだ。引きつった指が水に軽く触れた。

十秒ほどが流れた。と、黄色い小さな魚が青い草の背後に頭を出した。池の植物が生えた底を背景に、魚を見分けることはむずかしかった、だがジャックモールはその繊細な鰓《えら》がぴくぴく動くのをながめて胸をおどらせた。

一気に腕が伸びた。彼は小さな生き物をつかみ、鼻孔のところに持っていった。実によい匂いがした。

唇をなめなめ、彼は口を開き、ためらわずにぴちぴちはねている魚の頭を齧《かじ》った。

それはおいしかった。それにまだ池にいっぱいいた。

9

四月十六日

アンジェルは仕事台の上にリベットハンマーと金敷《かなしき》をおいて、袖の裏で額をぬぐった。右舷《うげん》が完成したところだった。銅の釘が湾曲した木材の明るい色の上に、きれいな斑点の線をつくっていた。船は形がついてきていた。それは海の方向に向けた樫材の架台の上に横たわり、そこから断崖を下ることになる樫材の二本のレールの最初の部分がはじまっていた。

そばで三人の子供が、作業場の一角を満たす大鋸屑《おがくず》と鉋屑《かんなくず》の山で遊んでいた。彼らは奇妙なほど成長が速かった。いままでは彼らは三人とも、小さな鉄の靴をはいて歩いていた。シトロエンの足だけがまだ晩になると幾分血を出した、だがもっと田舎風のジョエルとノエルはそれに耐え、皮膚が角《つの》のようになっていた。

アンジェルはびっくりしていた。時間なのにメイドが来ない。でも、子供たちはおやつを食べなければならなかった。突然、メイドは外出していることを思い出した。彼はため息とともに時計を見た。実際クレマンチーヌが子供らに食事をやるのを忘れることは減ってきている。そしてアンジェルが少しでも非難すると、一種の憎らしくはあるがほぼ正統な自信をもって横柄に答えた。アンジェルは、子供たちがそんなとき彼のことを皮肉な目でながめ、母親の横に並ぶのを見て困惑を感じた。

彼は子供たちを観察し、シトロエンの黒い目に出会ってあわてた。いくぶん腹を立てて、結局この子たちはそれだけの子なんだと考えた。彼自身はと言えば、子供たちをなでたり接吻したりしてやれればそれに越したことはないと思っているのに、一度もそんな気持にさせられたことがなかった。

この子たちはいじめられることが好きなのだ、と彼は恨みをこめて考えた。けれども、彼は子供たちのほうに向かっていった。

「さあ坊やたち、おやつにしよう」

ジョエルとノエルは鼻を上げて、不平を言った。

「アンチーヌと」と、ジョエルが言った。

「アンチーヌ」と、ノエルが繰り返した。

「クレマンチーヌはいないんだよ」と、アンジェルは言った。「おいで、みんなで捜しにいこう」

シトロエンは彼の前をもったいぶった足どりで通りすぎていった。アンジェルは三つ児のうちの二人に手を差し出した。二人はそれをつかもうとせず、大鋸屑と鉋屑の雲のなかで立ち上がった、そして無器用に走って兄弟に追いついた。アンジェルは肌がじっとりし、いらいらするのを感じた。けれども遠くからあとについていった、というのも切り立った庭には多くの落とし穴ができていて、腹は立ったが子供たちに事故が起こるのはいやだったからである。

彼は子供たちより一瞬遅れて家の入り口に着いた、そしてなかにはいって彼らをつかまえた。ノエルは鋭い声で母親を呼び、ジョエルがそれに声を合わせていた。

「もういい」と、アンジェルは力をこめて言った。

子供たちはびっくりしてやめた。

「台所にきなさい」と、アンジェルはつづけた。

彼はそこでなにも準備ができていないのを見て少々びっくりした。少なくとも彼女はおやつの準備をしておくことはできたはずだ。彼は子供たちをぎごちなく牛乳の碗《タ ル》とジャムつきのパン《チーヌ》の前にすわらせ、彼らが音をたてたらふく食べているあいだに戸口のほうに向かった。そしてあやうくジャックモールと衝突しかかった。

「クレマンチーヌを見ませんでしたか？」と、彼は尋ねた。

精神科医は猫的なしぐさで、手を耳のところに持っていった。

「えー と……」と、彼はかかり合いになろうとせず答えた。

「そんな猫的態度はおよしなさい」と、アンジェルは言った。「あなたはわたしとおなじでそんなことは望んでないはずです。さあ、女房はどこにいるか言ってください」

「悪かったと思いますが、ついうっかり」と、ジャックモールは言った、「わたしは食堂にはいってしまいました、彼女はそこにいます」

「で、どうなんです？」と、アンジェルはどなった。

　彼はジャックモールを押しのけて、かんかんになって進んだ。ジャックモールはそのあとにしたがった。アンジェルは、自分の子供に対する無力についての嫌悪を怒りの形で表現しようとしていたのである、それはあきらかだった、だがジャックモールはそのことを指摘するのはやめた。

　アンジェルはひどいことを言ってやろうとしていた。彼はめったに激昂しなかったし、するのはいつも子供のことでだった。もっとよく子供のことを気にかけてやるべきだったろう。彼は興奮していた。心臓がどきどきした。彼女はみんなを馬鹿にしている。

　彼ははげしくドアを押した、そしてその場に立ち止まった。クレマンチーヌは食堂のテーブルの上に横たわって、ズボンを膝まで下げ、何かにとりつかれたようにあえぎ、体を動かしていた。手はかたわらで痙攣したようにひきつっていた。テーブルのニスの上で、腰が波うって激しく動き、脚は半ば開いて、唇からは軽いうめきが洩れていた。アンジェルは呆然と立ちすくみ、あとずさりしはじめた。その顔はしだいに真赤になった。彼はふたたびドアを閉じ、急ぎ足で庭に引き返した。ジャックモールは玄関の階段のところで立ち止まった、そしてアンジェルが小道を曲がって姿を消すのを見送った。そして自分は引き返して、また台所にはいった。

「どうかな……」と、彼はつぶやいた。

テキパキとした動作で、彼は子供たちが食い散らかしたものをかたづけた。子供たちは食べ飽きて陽気にしゃべっていた。その顔を拭いてやり、外に押し出した。

「さあ、パパと遊んでおいで……」と、彼は言った。

「アンチーヌ……いっしょ……」と、ジョエルが言った。

「アンチーヌ」と、ノエルが言った。

シトロエンはなにも言わなかった、そして二人の兄弟をあとにしたがえて車庫の方角に向かった。ジャックモールは眉をひそめて一瞬待った。ためらい、それから食堂に帰った。クレマンチーヌは今度はテーブルの上に腹ばいになって、さかんにみだらな身振りをつづけていた。精神科医は部屋の空気を吸い込んだ。それから渋々その場を去り、自分の部屋に戻った。彼はベッドの上に横になり、あまり自信はないままに喉をゴロゴロ言わせてみようとした。けれども満足するように巧くはできないと認めざるをえなかった。ところで、彼が何週間か前に精神分析した黒猫は喉をゴロゴロ言わせることを知っていたのだろうか？　それからまた、彼は興味ある主題について考えはじめた。クレマンチーヌだ。たぶんさわるべきだったろう。彼は指の臭いを嗅いだ。まだいくらかメイドの臭いが残っていた、だがそれは昨日の臭いであり、はっきりしなかった。なるほど、彼はベッドでくつろいでいた。だが階下の女はきっと動きつづけているだろう。彼はベッドの上にすわり、起き、また降り、そして食堂のドアの前で立ち止まった。耳を澄ませた。もうなにも。彼はなかにはいった。

クレマンチーヌは、半ば裸で今は眠っていた。少なくとも身動きをやめて、頬をテーブルに載せ、尻を突き出して休んでいた。ジャックモールはなんだか変な気がした。そばに近寄った。彼女はその音をきいて身動きし、片肘を突いて起き上がった。ジャックモールは不動の状態で立っていた。

「失礼しました」と、彼は言った。「あなたがお呼びになったものと思ったものですから」

彼女は隈《くま》のできたどんよりした目をしていた。

「わたし、こんなテーブルの上でなにをしてるのかしら?」と、彼女は言った。

「そのお……」と、ジャックモールはつぶやいた。「知りません。あんまり暑かったからじゃないですか」

そのとき、彼女は服装の乱れに気がついた。

「わたし夢を見てたんだわ」と、彼女は言いかけた。

それから、ちょうどさっきアンジェルがそうなったように髪の根元まで赤くなった。

「あれかしら……」と、彼女は言葉をついだ。

そして裸の腿を隠そうともせずすわった。

「要するに」と、彼女はつぶやいた、「わたしがどんな女だかわかったでしょ」

ジャックモールは狼狽して、一言も発しなかった。

「きっと暴れたでしょうね」と、彼女は服を身につけながら言った。

「そうじゃないかと……」

「だけど」と、クレマンチーヌは言った、「わたしは知らないのよ。わたしは子供のおやつの支度をしかけてたんです、そしたら……その、ここにいたの」

彼女は頭にさわってみた。

「このテーブルの上に引っくり返された記憶はあるかしら？　こぶができてるわ」

「女淫夢魔《スユキユブ》かなにかが……」と、ジャックモールは言った。

彼女はズボンをまたはき終えて、髪をなでつけていた。

「まあいいわ！　また起こったのね」と、彼女は結論づけた。「もうこんなことはないと思ってたのに。子供たちのおやつを作ってきます」

「もう食べました」と、ジャックモールは言った。

クレマンチーヌの顔が曇った。

「誰がおやつを食べさせたんです」

「ご主人です」と、ジャックモールは言った。「そしてわたしが顔を拭いてやりました」

「アンジェルがここにきたの？」

「ええ」と、ジャックモールは抑揚をつけずに言った。

彼女は彼の前を通りすぎて急ぎ足で庭に出た。小道の曲がり角ではほとんど走っていた。ジャックモールは二階に上りながら考え《コギト》た。ゆえに彼は存在した。だが彼一人だけ。

10

アンジェルはまたリベットハンマーを手にして、もう一方の舷《ふなばた》に取りかかっていた。彼が内側に金敷《かなしき》を押し当てているとき、クレマンチーヌが急いだので顔を真赤にしてあらわれた。彼女を見て三つ児のうちの二人は陽気な金切り声をあげ、シトロエンはそばに近づいて手を取った。アンジェルは目を上げた、そしていっさいを見て取り体を緊張させた。

「誰がこの子たちにおやつをやったの？」と、彼女は言った。

「ぼくだ」と、アンジェルはぶっきらぼうに答えた。

その調子のうちのなにかが彼女を驚かせた。

「なんの権利があって？」

「もういい！」と、アンジェルは乱暴に言った。

「なんの権利があってこの子たちにおやつをやったのと聞いてるのよ、あなたがやっちゃいけないことはわかってるでしょ？」

彼女が口を閉じるまもなく、ものすごい勢いでびんたが飛んできた。その打撃で彼女はよろめいた。アンジェルは蒼白な顔をして怒りに震えていた。

「たくさんだ！」と、彼はどなった。

彼女がおずおずと手を頬のところに持っていっているあいだに、彼は落ちつきを取り戻したように見えた。

「おれは悪いと思ってる」と、彼はついに言った。「だがおまえはあんまり極端だ」

子供たちが泣きはじめた、そしてシトロエンは身をかがめて一本の釘を拾った。アンジェルに近づくと、小さな力の全力をこめてそれを脚に突き刺した。アンジェルは身動きしなかった。クレマンチーヌは笑い出した——すすり泣くような笑い方で。

「たくさんだ」と、アンジェルは硬ばった顔でまた言った。

彼女はやめた。

「ほんとうのところ、おれは後悔なんかしちゃいない」と、彼はつづけた。「もっと強くなぐってやらなかったのを後悔してる」

　クレマンチーヌは首を振った、そして立ち去った。三人の子供はあとにしたがった。ときどきシトロエンは振り返り、父親に向かって黒い視線を投げていた。アンジェルはぼんやり考えこんでいた。今繰りひろげられたばかりの喧嘩の場面を思い描いて、もじもじ体を動かした。それから食堂のテーブルの上に横になった妻の姿が脳裏に浮かぶと、彼のこめかみと額にまだらな赤味がさした。彼はもう自分が家には帰らないだろうことを知っていた。倉庫のなかには安らかに眠れるだけの大鋸屑《おがくず》と鉋屑《かんなくず》がある、それに夜も暖かだ。彼は左脚に軽いむずがゆさを感じた。身をかがめて、金色の華奢な切っ先のような釘を抜き取った。彼の緑がかったジーンズには、南京虫ほどの大きさの褐色の点ができていた。ほんとおかしい。あわれな幼虫どもは。

11

五月二十日

　ジャックモールは、アンジェルが船台の上で暮らすことに決めて以来、家を飛び出していた。クレマンチーヌの前にいるとどうも落ちつかないのだった。彼女はあまりにもちがった次元において、あまりにも母親なのだ。それが悪いと思ったわけではない、なぜなら彼は自分が空《うつ》ろであることを肯定し、したがってほとんど倫理的価値観を持たないことになるのを正直に認めていたからである。だが、それは生理的に苦痛だった。

　彼は練り桶かき回し草《フィユ・ペトラン》――それを秘かに薬用する者は勇気と決断力がつく――が一面に生えた庭の一角に寝そべって、ぼんやり何本かの角ばった茎を齧《かじ》っていた。彼はここにきていっしょにめりはりのない今日の終わりを過ごすはずになっているキュブランを待っていた。このめりはりに対する思いが、彼にズボンがちゃんとなっているか手で確かめさせた。いつものように、それはきっと精神科医のシッポで結末となることだろう。

　彼は砂利が鳴る音をきいてすわった。どたどた、ぼてぼて肉がついて、扁平足の足に、重苦しい田舎ふうブラウス《カラコ》を着てメイドはあらわれ、彼のそばにすわった。

「仕事は終わったのかい？」と、彼は尋ねた。

「終わったわ」と、彼女はため息をついた。「子供たちは寝たし」

彼女はもう服のボタンをはずしていた、だがジャックモールはそれを押しとどめた。

「ちょっとばかり話さないか？」と、彼は提案した。

「わたしはそんなことのためにきたんじゃないわ」と、彼女は言った。「わたしはあれは好きよ、でもお話はいや」

「たった一つだけ聞きたいことがあるんだよ」

彼女は服を脱いで草の上にすわった。この庭の遠く離れた一角では、いわば二人は小さな箱のなかにいるようなものだった。それに不意を襲われる危険はまったくなかった。アンジェルもクレマンチーヌもやって来ないだろう。ジャックモールは彼女にしんぼうさせるため自分もまた服を脱いだ。彼女は彼を見るのを避けるようにしていた。草の上で裸で、二人ともなんだか滑稽だった。彼女は腹ばいに、ついで腰を上げた。

「早くなさって」と、彼女は言った。

「ちぇっ」と、ジャックモールは抗議した。「それに第一、このおかしな体位はもうあきあきだな」

「さあ」と、彼女は言った。

「やりきれないよ」と、ジャックモールは言った。

彼はいきなり突きとばして女をころばせた。そして立ち直るすきもあたえず、あおむけに地面に押さえつけて上に寝た。女はかんかんになってあばれた。

「だめ、やめて！」と、彼女は言った。「そんな仕方はだめよ！　すけべえ」

ジャックモールはしっかりと彼女を押さえ込んでいた。

「離してやるとも。でも、なぜいったい他のやり方はいやなんだい」

「いやなんだってば」と、彼女は不平を言った。

彼は自分の優勢な立場を強化した。いつでも好きなときに奪うことができた。

「言わないと、こうやってやっちゃうぞ」

今度は、娘は口ごもりながら怒って泣き出した。

「だめ……どいて。いやよ。あなたはとってもいやらしいんですもの」

「やれやれ！」と、ジャックモールは抗議して言った、「おまえは完全に狂ってるよ！」

「話したくないわ」と、彼女は言った。

「話すさ」と、ジャックモールは言った。

彼は首を傾けた、そして片方の乳首を歯でくわえた。

「言わないと、ひとかけら食っちゃうぞ」と、しゃべりにくい口で言った。

彼はとても笑いたかったし、その可能性が感じられた。けれども少しばかり強くもぐもぐ噛まねばならなかった。というのは娘が叫び声をあげ、本気に泣きくずれはじめたからである。情け容赦なく、彼は娘に強要するのにそれを利用した。

「言うわ」と、彼女は呻いた。「でもわたしから離れて。すぐに。すぐよ」

「みんな話すか？」と、ジャックモールは言った。

「約束するわ。どいて……さあ……ああ！……」

ジャックモールは女を離し、息をはずませながら身を引いた。彼女を押さえているのは一仕事だった。娘はまたすわった。

「じゃあ話せよ」と、彼は言った。「それともおれからもう一度はじめるか。なんであんな仕方でするんだね？　いったいどういう意味があるんだい？」

「ずっとそうしてたんです」と、彼女は言った。

「ずっとっていつ？」

「最初から」

「最初は誰とやったんだね」

「父さんと」

「なぜこんなふうに？」

「父さんはわたしを見たくないと言うんです。とってもできないって」

「恥ずかしかったのかね」

「恥なんてものはわたしたちの村にはありません」と、彼女は冷たく言った。

彼女は両方の乳房を手で押さえていたが、腿は持ち上げて開きっぱなしにしていた。羞恥心だな、とジャックモールは考えた。

「幾つのときだね」

「十二歳」

「どうしてお父さんがきみを見られなかったかわかるよ」

「いいえ、あなたにはわからないわ」と、彼女は言った。「父さんはわたしがあんまりブスだと言って見たがらなかったんです。父さんがそう言ってたんだから、まちがいないわ。それを今になってあなたはわたしを父さんに背《そむ》かせたんだから、わたしは悪い娘だわ」

「きみはあれが好きなのかい？」と、ジャックモールは尋ねた。

「なにが？」

「あんなにしてやることが？」

「まあ、そんなの質問じゃないわ」と、彼女は言った。「あなたはしたいの、したくないの？」

「いつもこんなのはいやだね」と、ジャックモールは言った。「最高のものってのは飽きるからね」

「じゃあ、あなたは動物とおんなじだわ」と、彼女は言った。

彼女は起き上がり、そして服を探した。

「どうするんだ？」と、ジャックモールは言った。

「いくのよ。わたしは自分が恥ずかしいわ」

「きみには全然責任ないよ」と、ジャックモールは言った。

「あるわ」と、彼女は言った。「最初からあんなことしなければよかったのよ」

「もうちょっといろんなことを話してくれたら、きみの感受性を巧く処理してみてやるんだがな。でも、きみはあんまりおしゃべりじゃないからな」

「奥さまが言ってたとおりだわ」と、メイドは不平を言った。「もうお会いしたくないわ」

「しかたないな」と、精神科医は冷たく言った。「あきらめるさ」

「そしてあなたになんにも言わないわよ。わたしはあなたの不潔な奇癖を満足させるためにいるんじゃないんですからね」

ジャックモールはあざ笑った、そしてまた服を着はじめた。一度だってこのくだらない女をまともに精神分析しようと思ったことなどなかった。もっとましなのが見つかるだろう。彼は靴をはいて立ち上がった。彼女はまだ泣きまねをしていた。

「失せろ」と、彼は落ちついて言った。

彼女は洟《はな》をすすりながら言いつけにしたがった。この女は彼を憎むだろう。その観点に立てばこの分析は成功したと考えて、彼はほほえんだ。それから軽く跳躍して、飛んでいる帰り遅れた蝶をつかまえ、ごくんと呑みこみ満足した。

12

七月十三日

玄関の階段の前には砂利を敷いた平坦なあき地があり、そこで好んで三人の子供たちが、食後、今度は大人たちに食事を出しているメイドが彼らを昼寝のベッドにつかせにくるまでのあいだ遊んでいた。食堂の窓から、こうして子供たちを見張っていることができたわけである。その責任は、そちらの方向を向いてすわっているジャックモールにあった。ジャックモールの正面ではクレマンチーヌが、ぼんやり指のあいだで焼きパン《ビスコット》の身を小さな丸い玉にして回していた——それはおよそ考えられるかぎり（そして実際に）むなしい仕事だった。二人は食事のとき以外めったに顔を合わせなかった。彼女はジャックモールが家で暮らしつづけることを望んでいるらしかった、だが、たいていは意味のない会話をかわす以外のことはしなかった。一方彼のほうでも、あえて個人的問題に触れるようなことはほとんどなかった。

キュブランが無言のしかめっ面《つら》をして皿を運んできて、ジャックモールの前においた。彼はその蓋《ふた》を取って丁寧に言った。

「クレマンチーヌ、どうぞお取りください」

「それはあなたのですわ」と、クレマンチーヌは言った。「あなただけの。猫《シ》の食べるよ《ャ》うなおいしい物《トリ》よ」

彼女はいたずらっぽくほほえんでいた。ジャックモールはもっとよく見た。

「ですが……これは肺臓じゃないですか！」と、彼はうれしそうに叫んだ。

「そのとおりよ」と、クレマンチーヌは言った。

「むしろ生のほうがよかったんですがねえ」と、ジャックモールは付け加えた、「でもこんなに気をつかってくださって……クレマンチーヌ、あなたはほんとに天使みたいなかたです」

「わたしはあなたのことがたいへん好きですわ」と、彼女は言った、「でも、やっぱりあなたがそれを生で食べているところはとても見ていられませんでしたでしょうし」

「たしかに」と、彼は大きなかたまりを皿に取りながら言った。「いやまったく肺臓料理ときたら！　地上のどんな鼠や鳥よりぐっと上ですね」

「お口にあってうれしいですわ」と、彼女は言った。

「たしかに鳥はまずくはありません」と、ジャックモールは意見を述べた。「でも、あの恐ろしい羽根が！……」

「まったくですわ」と、クレマンチーヌは言った。「そういう悪い面がありますから。でも鼠は？」

「ありゃ気晴らしにいいものですよ」と、ジャックモールは言った。「ですが味はよくありません」

「結局はね」と、彼女は言った。「まああなたの味の好みの範囲が広がるというわけで。たいへんけっこうなことですわ。で、今はだれを相手に仕事をしていらっしゃいますの？」

「これはどうもご親切に」と、ジャックモールは言った、「だって、あなたのメイドがわたしを袖にしたことをご存じなんでしょ」

「ええ」と、彼女は言った。「ほんとうのところ愉快だと思います。で、村でなにか発見なさいまして？　よくいらっしゃるみたいですけど？」

「ああ！」と、ジャックモールは言った。「もちろんたいしたことはありませんよ。わたしはかなりしょっちゅうラ・グロイールに会っています」

「女性のことを申してるんですわ」と、クレマンチーヌは言った。

「あんまり探していません」と、ジャックモールは言った。「あなたは例の猫が去勢されていたことはご存じですか？　わたしは信じませんが、でもいずれにしろ多少わたしに影響あることは事実です」

彼は嘘を言っていた。

「あなたが女を探していることを知ってますわ」と、クレマンチーヌは言った。

ジャックモールは、ぐるぐる目が回りそうになるまで追いかけっこをしている三人の子供たちを見ていた。

「別の話をしましょう」と、彼は言った。

「わたしの衣装小部屋をかき回しているのはあなたですの？」と、彼女はいきなり尋ねた。

ジャックモールはびっくりした顔でためらった。

「なんですって？」

「聞こえたはずですわ」

「いいえ」と、彼は答えた。「わたしではありません。あなたの衣装小部屋を捜したところでなんになります？　わたしは必要な衣類はみんな自分で持っています」

「まあ！……たいしたことじゃありませんわ」と、彼女は言った。「たぶんわたしのまちがいでしょう。定期的に誰かがあらゆる物にさわっているような気がしたんです。もちろん、それがあなただって理由はまったくありませんけど」

彼は二人のほうに背を見せていたメイドのほうを、顎でしゃくって見せた。

「まあ！　ちがいます」と、クレマンチーヌは言った。「絶対ちがいます。第一それを秘密にしておいたところであの子になんになります？　わたしにすればおんなじことですわ。わたしはあそこの着物は全然着ませんもの。ほとんど絶対に」

13

七月二十四日

「これでよし」と、アンジェルは身を起こしながら言った。

彼は船をレールの上に止めている楔《くさび》をなかば鋸《のこぎり》で挽いたところだった。すべてが完成していた。明るい色の木材でできた全長十メートルの小舟——フェニキアの短剣のように船首が持ち上がり、軽い船外フロートがついていたが、その船外フロートは目下のところ船体に光るブロンズの支柱が付いているだけだった。ひどくふくれ上がった甲板は、現在は船尾のほうに低い小型の船室が突出しているばかりだった。ジャックモールはかがみ込んで船体をながめた。全長に渡って、十一組の関節のある脚が飛び出していた。

「速く走れるでしょうね」と、彼は言った。

「かなりね」と、アンジェルは言った。

「素人《しろうと》としては」と、ジャックモールはつづけた、「珍しいくらい巧くやってのけましたね」

「それじゃあ」と、ジャックモールは言葉をついだ、「玄人《くろうと》としては珍しいほど巧くやってのけましたね」

「わたしは素人ではありませんよ」とアンジェルは答えた。

「わたしは玄人じゃありませんよ」と、アンジェルは言った。

「じゃあ、あなたはなんですか?」と、ジャックモールは少々怒って尋ねた。

「質問をはじめるのはよしてください、とっても悪い癖ですよ」

ジャックモールはもちろん怒ることもできたろう、だが気質上そうはしなかった。彼は行ってしまおうとする男に対して言うべき言葉を探していたのである。長い間。それもさして堅固ではない船で。結局のところ。十一組の脚があるとはいえ。

「奥さんとの関係はあいかわらずおなじですか？」

「ええ」と、アンジェルは言った。「あの女は……」

そして途中でやめた。

「なんでもありません。そのことについてはなにも言うことはありません。女と男はおなじ次元に生きてはいないんです。でもわたしはなにも後悔していません」

「お子さんのことも？」

「幸いにも」と、アンジェルは言った、「わたしは子供たちをまだよく知りません。胸が痛みはしないでしょう」

「あなたがいないと寂しがりますよ」と、精神科医は断言した。

「知ってます」と、アンジェルは言った。「ですが人にはかならずなにか欠けて寂しいものがあるんです。それがなにかしら重要なものであるかぎりは」

「父親なしで育った子というものは……」と、ジャックモールは言いかけた。

「ちょっと」と、アンジェルは言った。「もうその問題に帰る必要はありません。わたしは行くのです、いなくなるのです。それだけのことです」

「おぼれ死にますよ」と、ジャックモールは言った。

「それほど運がよくはないでしょう」

「なんてあなたは平凡な人間なんです」と、ジャックモールは軽蔑して言った。

「うれしくなるくらい平凡ですね」と、アンジェルは言った。

「言う言葉もありません」

「わかりきったことですよ」と、アンジェルは皮肉に注釈を加えた。「わたしのほうから質問する番ですね。あなたの大計画はどこまで進んでいます？」

「全然」と、ジャックモールは言った。「これまでのところ、わたしは猫を一匹成功させました、それだけです。犬も一匹やってみました、だが先の猫が非常に好ましくない不具合を引き起こすので中止しなくちゃなりませんでした。それに、わたしの求めてるのは人なんです。あるいは女でも。いずれにしろ人間です」

「でしたら最近頻繁に会われるのは？」

「蹄鉄工のメイドと知り合いになろうとしています。小間物屋の女を通じて」

「今では、小間物屋の女の店へいかれるんですか？」

「いいえ、仕立て屋かなんだか知りませんが、とにかく。ところでおかしいですね。仕立て屋の女は奥さんの洋服を全部作ってるんじゃありませんか？」

「とんでもない話です」と、アンジェルは言った。「クレマンチーヌは全部里から持ってきました。村にいくことは一度もありません」

「彼女はまちがってます」と、ジャックモールは言った。「これはたいへん興味があります」

「ご冗談を」と、アンジェルはからかった。「みんながあなたの頭をおかしくしてしまいますね」

「まったくです、でもこれはたいへん興味があります。いずれにせよ……そう……こいつは！……奇妙です。仕立て屋の女は奥さんの洋服の型をみんな持っているんです。ここで着ているのを見た型をみんな」

「へえ？」と、アンジェルはほとんど驚きもせず言った。

彼は船をながめた。

「わたしは出発しなくてはならないでしょう」と、彼は言った。「いっしょに試乗してみませんか？」

「そんなふうに行かないでください、その……」と、ジャックモールは絶望して言った。

「いいえ、行きます。今日じゃありません。でもこんなふうに出発します」

彼はさきほど鋸でなかば挽いた支柱に近寄った、そして腕を上げた。ガンと一発正確に拳固でたたいて、材木を完全に折った。ガリガリというものすごい音がした。船は震えて揺れた。脂《あぶら》を塗った樫材のレールが庭を横切ってくだり、そして垂直に海のほうに向かって一直線に走っていた。船は矢のように突進し、焼けた脂肪の臭い煙のうちに見えなくなって水に飛び込んだ。

「巧くいったみたいですね」と、二十秒ほどたってアンジェルは言った。「ちょっとひとまわりしてきましょう。巧く走るかどうか見にいくんです」

「ずいぶん思いきったことをしますね」と、ジャックモールは言った。「あんな高いところから放り出すなんて」

「問題ありません」と、アンジェルは保証した……「高ければ高いほどみごとですからね」

二人は切り立った坂を船よりはおそく降りた。非常によい天気で、断崖は植物の香りと虫のざわめきに満ち満ちていた。アンジェルは親しげにジャックモールの肩を抱いていた。精神科医は落ちつかない気がした。彼はアンジェルが好きだった、そして心配していたのである。

「充分注意してやりますか?」と、彼は言った。

「もちろんです」

「食糧はありますか?」

「水と釣具があります」

「それだけですか?」

「魚を食べますよ。海にはなんでもありますからね」

「ははあ！　あなたはやっぱりコンプレックスを持っていますね」と、ジャックモールは宣告をくだした。

「平凡なことを言わないでください」と、アンジェルは言った。「わたしだって知ってますよ、母に帰る、母《メール》と海《メール》とはおんなじものですからね。勝手に馬鹿な連中の精神分析をやってください。わたしは母親どもにはもうあきあきですよ」

「それはあの母親はあなたの奥さんだからですよ」と、ジャックモールは言った。「ですが、あなたのお母さんのことはなつかしいと思うでしょう」

「いいえ。それにわたしには母はありません」

二人は虚空の縁に立っていた、そしてアンジェルが先に下りの細い崖道を下りはじめた。いまや船は二人の足もとに見えていた。ジャックモールはレールが垂直に下った後、水に着くところでほとんどまた水平に持ち上がっているのを眺めた。到着の速度からみて、船は岸から少なくとも三百メートルは離れたところにいるはずだった。彼はそのことを注意した。

「引き戻す綱がつけてあります」と、アンジェルは言った。

「なるほど」と、ジャックモールはよくわからないままに認めた。

砂利の浜は二人の足の下で盛んにこだました。アンジェルは敏捷な身のこなしで、軽くて弾力性のあるロープの端をつかんだ。ゆっくりと船は岸に近づいてきた。

「お乗りなさい」と、アンジェルは言った。

ジャックモールはしたがった。船が揺れた。上に乗ってみると船はもっと大きく見えた。アンジェルも飛び乗って、小型の船室の下に姿を消した。

「船外フロートを取りつけます、そして出発です」

「まさか、ほんとにじゃないでしょうね?」と、ジャクモールは抗議した。

アンジェルの頭がまたあらわれた。

「心配しなくていいですよ」と、彼は微笑しながら言った。「まだ完全に準備ができていません。あと一週間はかかります。今日は試験ですよ」

14

ろくしち月二十七日

ジャックモールは何回となく村への道をたどったので、その道は彼にとって養老院の廊下とおんなじくらい平坦で、お髭を剃った髭男《バルビュ》(「陰門」の意味もある)とおんなじくらいつるつるになっていた。ただの道、まるで一本の線は線であり、厚さもなく存在しないのとおなじような道。そして短くなってその道はあった。おなじみの歩み《ピエ》、だがまだ果たしてない歩み(前進でもなく、後退でもない)。ごっちゃにし、ひっくり返さなければならなかった、だがまだ充分ではない、もっとよく、そいつ――その道、彼の単純な思考を退屈しないで歩くためには、歩みに文字的《レトリク》、論理的な余分な飾りを混ぜねばならなかった。だが結局のところ、毎回ちゃんと向こうに着くのだった。彼はまた歌っていた。

大砲の歌、
出発の歌、
お鼻的燭台、
ぴったりな癌、
濡れちゃった歌い手、
泡立つ部屋。

その他あらゆる知ってる歌、生まれかけの歌、未来の歌、お馬鹿なあわれなジャックモールさん、けどさ、自分じゃそんなこと知りやしない。そうして彼は村に着いたのに気づいた。なぜなら村の重々しい帳《とばり》がたれてきて彼をおおったから。こうして彼は小間物屋（と彼は思ったが）事実は立派な仕立て屋の女の店の前にいて、
「こつこつ！」と、二回やった。
「どうぞ！」

ジャックモールははいった。村のあらゆる家とおなじくなかは暗かった。なにやら名前もわからぬ物一式が深く輝いていた。くすんだ赤色の磨滅したタイルを張った床には、糸や布の小さな端や、メンドリにやる粟粒や、オンドリ用の血の粒や、博打がお好きな人のための十の目の粒がいっぱいちらばっていた。

年寄りの仕立て屋はまさしく年寄りであり、一枚の服を縫っていた。

「どうだ」と、ジャックモールは一人ごちた。

「あなたはクレマンチーヌのために仕事をしているんですか？」と、彼は心をすっきりさせようとして尋ねた。なぜなら、この心というやつははなはだよく保護されていて維持しやすい器官で、これをさっぱり保つためには質問すればよいからである。

「いいえ」と、彼女は言った。

ジャックモールはそのとき蹄鉄工の姿に気がついた。

「今日は」と、彼は愛想よく言った。

蹄鉄工は部屋の隅から姿をあらわした。彼はいつ見ても印象が深かった。だが暗がりではその印象が不明確なままにとどまり、その結果強められたのでいっそうそうだった。

「あんたはなにしにきたんだね？」と、彼は尋ねた。

「わたしはこちらのおかみさんに会いにきたんです」

「ここじゃあ、あんたになんにも用はないよ」と、蹄鉄工は言った。

「わたしはこれはいったいどういう意味があるか知りたいんです。この服はクレマンチーヌのとおなじですね。それに好奇心を引かれるのです」

「まったくくだらんことにご苦労だな」と、蹄鉄工は言った。「これは特許を受けた服じゃないよ、だれが作ったってかまわんさ」

「こんなふうにどれもこれも真似した服は作りません」とジャックモールはきびしく言った。

「これは下劣なことです」

「下品な言葉はよせよ」と、蹄鉄工は言った。

彼はまったく実に太い腕をしていた。ジャックモールは顎を掻き、蠅取り紙にくっついた蠅の死骸に飾られた、ふくれ上がった天井を眺めた。

「では要するに、おかみさんはあくまでつづけようというんですね」

「わたしが注文してるんだ」と、蹄鉄工は抑揚のない危険な声で言った。「そして金を払うのさ」

「おやまあ？」と、ジャックモールはお上品に言った。「たぶんかわいい若奥さまのためにでしょう？」

「女房はいないよ」

「それは、それは……」と、ジャックモールは言いかけ、途中で考えを変えた、「ですが、いったいどんな型にあわせてそっくり真似るんです？」

「彼女は真似はしないさ」と、蹄鉄工は言った、「見るんだよ。目に映ったとおり作るんだよ」

「はてさて！」と、ジャックモールは皮肉った。「嘘をおっしゃい！」

「わたしは誰にも嘘なんかつかんよ」と、蹄鉄工は鉄人らしく言った。

そのときジャックモールは、年とった仕立て屋の女は、実際閉じた瞼の上に偽の目を描いていることに気がついた。蹄鉄工はその視線を追った。

「描いた目だ、通りからはだれも気がつかないようにな」と、彼は言った。「あんただってはいって来なけりゃ、なんにも気がつかなかったさ」

「でもわたしはノックしましたよ」

「ああ」と、蹄鉄工は異議を唱えた、「だけど彼女は見えないから、《どうぞ！》と言ったんだ、あんただってことがわからなくてね」

「でもとにかく彼女は《どうぞ！》と言ったんです」

「なんだよ、これでも育ちはいいんだ、このあばずればばあはなあ」

仕立て屋の女はちょうどそのとき、服のベルトに小さな襞飾《スモック》のかたまりをつけていた——それはクレマンチーヌが前日着ていた白い畝織《ピケ》りの、美しいあっさりしたドレスだった。

「でも、彼女はほんとうに目を閉じて仕事をするのですかね？」と、ジャックモールはびっくりして、確信を得ようとするようにもう一度きいた。

「目を閉じてと言うのはまちがいだな」と、蹄鉄工は蹄鉄工的に言った。「瞼が前にあるからといって目は閉じてるもんじゃない。目は下で開いているのさ。開いてる戸のなかに岩をころがしてやるとしても、そのために戸は閉じられはしない。窓だってそうじゃない、なぜかって遠くを見るのに使うのは目じゃない、だからあんたはほとんどものごとがわかっちゃいないのさ」

「これはこれは！」と、ジャックモールはあっけにとられて言った、「もしもあなたがそのわけのわからない話で、わたしにものを教えてくださろうとしてるんでしたら、あなたはふつうでは考えられないあつかましい方ですな」

「わたしは人とおんなじところはこれっぱかしもないよ」と、蹄鉄工は言った。「特にあんたなんかとはな。この糞《くそ》ばばあに仕事をさせときな、そして出ていきな」

「じゃあ」と、ジャックモールは言った。「けっこうです！　ええ！　けっこうです！…………出ていきます」

「尻に帆をかけてな」と、蹄鉄工は言った。

「さようなら、ジャックモールさん」と、仕立て屋の女が言った。

彼女は鋏《はさみ》を研師《とぎし》のところに出したパルカ（ローマ神話、運命の糸をあやつる女神。三人中一人は糸を切る鋏を持つ）のように、歯で糸を切った。ジャックモールは腹を立てて威厳を作って外に出た。彼は最後の矢を発した。

「わたしはあなたのメイドをものにしにいきます」

「そいつはどうも」と、蹄鉄工は言った。「わたしはあんたの前にものにしたがね、よかないよ。尻を動かさないからな」

「二人分わたしが動かします」と、ジャックモールは断言した、「そして精神分析します」

彼は誇り高くふたたび道に出た。三匹の豚が、ブーブー一歩ごとに鳴きながら通っていった。彼はすけべえらしく思われる三匹目の尻にたっぷり足蹴《あしげ》をおみまいし、それからいかにもジャックモール然とまた出発した。

15

ろくしち月二十七日（もっとあとで）

ネルージュ（「赤鼻」の意）と呼ばれる蹄鉄工のメイドは、現在の小僧とともに、鍛冶場の上の屋根裏部屋に寝ていた。小僧はよくくたばった、だが労働に耐えるメイドは持ちがよかった——特に蹄鉄工が、地中に潜ってまたあらわれる川にならって彼女のベッドに潜り込むのを慎むようになってからは。小僧など問題ではない。へとへとに疲れているからなんにもできやしない。ぐにゃぐにゃのあわれな腑抜け、寝ることもできないやつだ。彼はまさしく眠っているだけだった。だが現在は、そう、小僧は眠っていなかった。小僧は鍛冶場にいて、火を絶やさないようにしていた。到着したジャックモールは彼を見かけ、ネルージュの働きにもかかわらず煤《すす》できたない作業場にはいった。

「今日は、小僧」と、ジャックモールは言った。

小僧は腕を曲げて顔を防ぎながら、今日はとつぶやいた──というのは、通りがけに彼に一発おみまいするのが、訪問客たちの愉快な習慣になっていたからである。この小僧は古鉄をたたいていた、だからお返しを食らうのも当然だった。

「親方はいないね」と、ジャックモールは断定的に言った。

「いない」と、少年は確認した。

「よろしい！　じゃあ、帰るよ」と、ジャックモールは言った。

彼は外へ出た、そして左手へ進んで家を回り、中庭にはいって家の外にかけた木製の階段をのぼり、粗木《あらき》造りの廊下らしいものに出た。右手の屋根の勾配の下が、ネルージュの部屋だった。正面には背の高い扉があり、親方が寝起きしているのはそこだった。左手には、階の四分の三を占める親方の部屋の壁が回って伸びてきていて、部屋は右手の仕切りによってネルージュの部屋に接していた──単純だが実際的な配置だ。

ジャックモールはノックせずにはいった。娘はベッドにすわって七年前の新聞を読んでいた。ニュースは村に着くのに長い時間がかかったのだ。

「どうだね、教養を身につけてるのかね？」と、精神科医は言った。

彼は水肥用ポンプの皮紐のように自然な、おとなしい態度を装っていた。

「わたしにだってものを読む権利はあるわよ」と、ネルージュは突っかかるように言った。

なんてここの農民はあつかいにくいのだろうと、ジャックモールは思った。

ネルージュの部屋はあまり住み心地がよくなかった。洗った床、石灰を塗ったむきだしの壁、屋根の大梁《おおはり》——その大梁自体に垂木《たるき》の横木が取りつけられ、垂木は薄い屋根板と交差して小さな片岩をささえていた。全体がみごとに埃だらけだった。家具はベッドとテーブル、そしてその上に乗ったバケツがすべての役を果たしていた。片隅には、数少ない娘の所持品のための大箱が一つ。

この修道僧的簡素さが、ジャックモールのうちで、よくよく考えてみれば自分がなりえたかもしれない、生《なま》の肉体に取りつかれた淫奔《いんぽん》な無神論者の快感をくすぐった。

彼は鉄製のベッドのところにいって娘と並んで腰をかけたが、ベッドはギーギーときしんだ……他に腰かける場所もない。

「この前会ってから、なにかすてきなことがあったかい？」と、彼は尋ねた。

「あるもんですか」と、娘は言った。

彼女は読みつづけていた、そしてそのページを読み終えると、新聞をたたんで枕の下に入れた。

「服を脱いで、ベッドの上に横になれよ」と、ジャックモールは言った。

「いやん！　面倒ね」と、娘は言った、「親方が帰ってきたら、スープを作るんでまた着なくちゃならないじゃないの」

「こんな時間にゃあ来やしないよ」と、ジャックモールは言った。「それに親方はいないんだ、仕立て屋の女のところにいるよ」

「じゃあ、そのあと確実に帰ってくるわ」

それからちょっと考えて言い足した。

「でも、こっちは安泰ね」

「なぜだね？」と、ジャックモールは尋ねた。

「あそこから帰ってくるときはいつもそうよ」と、娘は言った。「でも、なんであなたはわたしに裸になれと言うの？」

「それが正しい精神分析の欠くべからざる基本だからさ……」と、ジャックモールは学者ぶって言った。

彼女は真赤になった。手を小さなとがった襟のところで固く握りしめた。

「まあ！……」と、彼女は目を伏せて言った。「親方だってわたしにそんな真似をしたことは一度もないわ」

ジャックモールは眉をひそめた。いったいこの娘はどう理解したのだろう。だがどうやってそのことを聞くか？

「その……」と、彼女はつぶやいた。「わたし、自分が清潔かどうかわかんないし……きっとあなたはいやになっちゃうわ……」

ジャックモールはちらとわかりかけた……暗号の言葉が。

「精神分析というのは……」と、彼は言いかけた。

「待って……」と、彼女はささやいた。「今はだめよ」

部屋は斜めになった天窓で照らされていた。彼女は立ち上がり、あっという間に大箱から古いカーテンを取り出して、それを長方形の小さなガラスの前に張った。日光がわずかばかり青味がかった布を刺し通し、天窓を洞穴のように見せた。

「ベッドがきしむよ」と、ジャックモールは、精神分析はまたもう少し先に延ばすことを決意して言った。「藁蒲団を床に敷いたほうがよくないか」

「ええ……」と、彼女は興奮して言った。

彼は娘の汗が部屋いっぱいに臭うのを感じた。彼女は全身湿っているにちがいなかった。それはけっして不愉快ではないだろう。

16

ろくしち月二十七日（さらにもっとあとで）

木の階段を踏む重い足音に、二人は麻痺状態から覚めた。ジャックモールはすばやくわれに返って、半分藁蒲団の上、半分床の上に長く寝た娘から体を振りほどいた。

「あいつだ……」と、彼は耳もとでささやいた。

「ここにはこないわよ」と、娘はつぶやいただけだった。「自分の部屋にいくわ」

彼女は少し体を動かした。

「そいつを離せよ！」と、ジャックモールは抗議した。「もうできないよ」

彼女は言うことをきいた。

「またわたしに精神……なんとかをしにきてね」と、彼女はしゃがれた声で言った。「好きだわ。とってもすてきなんですもの」

「うん、うん」と、ジャックモールはもう全然興奮を感じていなかった。

欲望が戻ってくるにはともかく十分間は必要だった。女というやつはまったく繊細さがない。

親方の歩みが、ごくまぢかで廊下をゆすった。彼の部屋のドアがきしみながら開き、ばたんと閉じた。ジャックモールはひざまずき、耳をそばだてた。両手両足でそっと壁に近づいた。突然小さな光線が目を刺した。仕切りの板に節穴があいているにちがいなかった。手で光線をたどりながらその源に近づくと、すぐに板の穴が見つかった。そして軽いためらいを感じながら、そこに目を押しつけた。とたんに彼は身を引いた。自分が見ていると同様見られている気がしたのである。だが理性の働きによってそんなはずはないと考えると、また観察の部署についた。

蹄鉄工のベッドはちょうど真下にあった。へんてこな形の低いベッド、毛布はかけてない。この地方のベッドにかならず見られる赤皮の大きなオッパイのようにふくらんだ不変の足掛け蒲団を除けば、マットとぴんと張ったシーツだけがベッドの主要部分をなしていた。

部屋の他の部分に目の焦点を合わせると、最初蹄鉄工の裸の胴体を、それも後ろからしか見ることができなかった。蹄鉄工はなにやら微妙な仕事にふけっているらしかった。手ははっきりみわけられなかった。ついでその手は持ち上がり、誰かの体のなにかを軽くたたくそぶりをした。それから自分のベルトに戻ってバックルをはずそうとし、バックルははずれた。ズボンが落ち、巨大な、節くれ立った、棕櫚《しゅろ》の脚のように毛むくじゃらの脚がむき出しになった。彼は薄汚ない綿のズボン下をはいていたが、そのズボン下も落ちた。ジャックモールはつぶやく声をきいた。だが同時にながめ、耳を澄ますことはできなかった。

鍛冶屋ははだしの足をズボン下とズボンから振りほどくと、腕をぶらぶらさせながら後ろを向き、ベッドのほうに進んだ。彼はすわった。彼が近づいてくるのを見たとき、ジャックモールはまたも思わず身を引いた。我慢ができなくてすぐまた目を穴に押し当てた。ネルージュがそばに寄ってくるのを感じても身動き一つしなかった、そしてもし彼女がてこずらせるようなら顔を一発蹴とばしてやらなくちゃなるまいな、と心のうちで考えた。それから、もうなんにも考えなかった、というのは心臓が停止していたからである。目の前には、いまやそれまで鍛冶屋の背中に隠れていたものが見えるようになっていた。それは白い畝《ピ》織《ケ》りの服を着た、クレマンチーヌに似せて刻まれた青銅と鋼《はがね》でできた驚くべき自動人形だった、そしてそれは非現実的な足どりでベッドのほうに歩いていた。ジャックモールからは見えないランプが、繊細なその目鼻立ちの反射の線を引き、繻子《しゅす》のようにやわらかく磨かれた手の光る金属が、値のつけようもない高価な宝石のようにきらめいていた。

自動人形は停止した。ジャックモールは蹄鉄工が待ちきれなくてあえぐのを見た。楽々とした手つきで金属の手は服の襟のところに運ばれていき、苦もなくそれを引きちぎった。ばらばらになった白い布が床に落ちた。ジャックモールはうっとりしてやわらかい肌の乳房、しなやかな腰、そして膝と肩との驚くべき関節を細かくながめた。静かに、自動人形はベッドに横になった。ジャックモールは後ろに飛びさがった。手さぐりで、彼に仕事を再開させようとしているメイドを荒っぽく押しのけ、狂ったように自分のズボンを捜した。ズボンのポケットに腕時計が入れてあったのである。天窓の薄明かりで彼はながめた――五時十五分前。

食堂で彼が不意を襲って以来、クレマンチーヌは毎日四時半に、彼女に言わせればちょっと一眠りするため自室に引っ込んだ。自動人形の鋼《はがね》の腰が、蹄鉄工を恍惚の淵に引き込んでいるそのおなじ時刻、クレマンチーヌは断崖の家で、シーツの上でほっそりした指をひきつらせ、おなじく満足してあえいでいるのだった。

ジャックモールは仕切りの小穴にふたたび近づいたとき、しだいに興奮を感じていた。躊躇することなく、彼はのぞいた。同時に手はネルージュの体を探していた、彼女は歓喜につつまれわけがわからなくなっていた。まさしく農民ってやつは奇妙にも文明的だな、とジャックモールは蹄鉄工をながめながら考えた。

17

ろくしち月三十九日

足を水に漬け、ズボンをたくし上げ、靴を手に持って、ジャックモールは馬鹿みたいに船をながめていた。彼はアンジェルを待っていた、そして船も待っていた。アンジェルは毛布と最後の水の缶を持って断崖を降りてきた。彼は半透明黄色《トランスリュジョーヌ》で防水加工の布でできた海用の服を着ていた。彼は急速に小さな入り江の小石の浜を横切り、ジャックモールのそばにきた。ジャックモールは胸が締めつけられる思いだった。

「そんなに靴を手に持って突っ立ってるもんじゃないですよ」と、アンジェルは言った。

「よそいきの顔の案山子《かかし》みたいに見えますよ」

「なんに見えようといっこうかまいません」と、精神科医は言った。

「で、その邪魔っけな物をお置きなさい」

ジャックモールはまた乾燥した土の上にのぼり、大きな岩の上に靴をおいた。彼は頭を上げながら、船のレールが急な坂の線になって断崖の岩のかなたに消えているのをながめた。

「あいつを見ると、きっと糞《くそ》おもしろくない気がしてくるでしょうね」と、彼は言った。

「いやいや」と、アンジェルは言った。「心配しなくていいですよ」

彼は身軽に船べりに渡したよくしなる板を渡った。ジャックモールは動かなかった。

「その花の鉢はなんにするんです？」と、彼はアンジェルがまた姿をあらわしたとき言った。

「わたしには花を持っていく権利がないのですか？」と、アンジェルは挑戦的に尋ねた。

「ありますよ、ありますとも」と、ジャックモールは言った。そしてつけ加えた、「なにを花にやるつもりです？」

「水ですよ」と、アンジェルは言った。「それに、ほら、海だって雨は降りますしね」

「たしかにね」と、ジャックモールは認めた。

「そんな顔をするのはおよしなさい」と、アンジェルは言った。「あなたを見ているところがまいっちゃいますよ。まさか友をなくすなんて言うつもりはないでしょうね！」

「ところがそうなんです」と、ジャックモールは言った。「わたしはあなたのことが好きです」

「そりゃわたしだって」と、アンジェルは言った。「ですが、ほら、とにかくわたしは去っていくのです。人間はある人びとを愛しているからといってとどまりはしません。別の人たちを憎んでいるから立ち去るのです。人間は醜いものによってしか行動しません。人間は卑怯なのです」

「それが卑怯というのかどうか知りません」と、ジャックモールは言った、「でも、わたしは胸が痛むのです」

「あんまり卑怯でないように」と、アンジェルは言った、「わたしはちゃんと、少しばかり危険な細々としたことをつけ加えておきましたよ。食料の貯えもありませんし、船体には小さな穴、水はほんの少しばかり。それでいいですか？　それだったら償いになりますか？」

「馬鹿野郎」と、ジャックモールは憤慨して唸った。

「こうすれば」と、アンジェルはつづけた、「精神的観点からは依然として卑怯であっても肉体的には大胆になりますね」

「それは大胆じゃありません、馬鹿です」と、ジャックモールは言った。「混同しちゃいけません。それに精神的な面で言ったって、なにがいったい卑怯です？　人は誰かを愛していなかったり、もう愛していないからといって卑怯ではありません。そうだからそうなんです」

「もっとだめになることがありますよ」と、アンジェルは言った。「いっしょに話をはじめると、かならず無理な考えのほうにそれていってしまうんです。それがわたしが出発しようと思うもう一つの原因です。それからまたわたしは、あなたに誤った観念を抱かせることも避けようと思います」

「もし誰かが、わたしにもっとよい考えをあたえてくれるものとお思いならばね」と、ジャックモールはつぶやいた。

「ほんとです、ごめんなさい。わたしはあなたの例の空《うつ》ろのことを忘れていました」

アンジェルは笑った、そしてまた船の腹のなかに潜り込んだ。軽いごうごうという響きが起こるとともに、すぐまた飛び出してきた。

「万事好調です」と、彼は言った。「出発できます。それにまたわたしは、クレマンチーヌが一人で子供たちを育てていくほうがよいと思います。わたしは確実に意見が一致しないでしょうし、口論はきらいですから」

ジャックモールは小石や海藻を大きく見せる明るい水をながめていた。実に美しい海は、なかば開かれる濡れた唇のようにほっそりした、小さな磯波をかすかに動かしていた。彼は頭をたれた。

「ああ！　畜生……馬鹿な真似はしないでください」

「わたしは今まで一度もほんとうに馬鹿な真似はできませんでした。こうすれば、少なくとも強調されるわけですね。もうあとに引くことはできません」

彼は勢いよくまた渡し板を降りた、そしてポケットからマッチ箱を取り出した。身をかがめてマッチを一本すった、そして進水路の端からはみ出ている脂《あぶら》を塗った導火線の端に火をつけた。

「こうすれば、もうあなたも思い出すこともなくなりますよ」

青味がかった炎が二人の男が見守るうちに這った。炎は黄色くなり、ふくらんで走り、そして木材が音を立てて黒くなりはじめた。アンジェルはもう一度のぼり、渡し板を砂浜に投げ出した。

「板は持っていかないんですか？」と、ジャックモールは炎から目をそらしながら言った。

「必要ありません」と、アンジェルは言った。「一つあなたに告白することがあります。わたしは子供がだいきらいです。さようなら、きみ」

「さようなら、馬鹿野郎」と、ジャックモールは言った。

アンジェルは微笑した、だがその目は光っていた。ジャックモールの背後では、火が風を吹きシューシュー音をたてていた。アンジェルは小型船室の下に降りた。ものすごい泡立ちの音がして、関節のある足が水をたたきはじめた。彼はまたのぼってきて舵柄《だへい》をにぎった。すでに船は速力がつき、加速されるにしたがって水から浮き上がり、急速に岸から遠ざかっていった。全速力に達したとき、船は軽々として華奢に、泡の柱のあいだで静かな水面を進むかに見えた。アンジェルは遠くで人形のように腕を上げた。ジャックモールは合図を送った。夕方の六時だった。火は今ではごうごうと轟いていて、精神科医は顔をぬぐいながらそばを離れねばならなかった。良い口実だ。濃い煙が荘重な横揺れとともに、オレンジ色に引き裂かれて立ちのぼっていた。力強い渦となって煙は断崖を越え、ほとんどまっすぐに空へのぼった。

ジャックモールは身震いした。自分が数分前からニャーオと鳴きつづけているのに気がついた。去勢されたばかりの猫の声のように苦痛がまじった悔恨の鳴き声だった。彼は口をつぐみ、無器用な手つきで靴をはいた。そして断崖のほうに戻った。断崖をよじ登る前に、海のほうに向かって最後の一瞥を投げた。まだ激しい太陽の光線が、かなたに、松藻《まつも》虫《むし》のように水の上を進む一つのほっそりした物体をきらめかせていた。あるいは一匹の太鼓打ちか。蜘蛛か。あるいは船上にアンジェルただ一人を乗せて、ただ一つ水の上を走るなにものかのように。

18

ろくはち月三十九日

窓辺にすわって、彼女は空間に映る自分の姿をながめていた。目の前の庭は断崖の上に沈下し、太陽の光に斜めにすべての草の毛をなめさせていた——黄昏《たそがれ》の前の最後の愛撫。クレマンチーヌは疲れたように感じ、自分の内部を見張っていた。

ぼんやり考えにふけっていた彼女は、遠くの鐘楼の鐘が六時十五分を打ったとき飛び上がった。

激しい足どりで部屋を出た。彼らは庭にいなかった。彼女は疑いを持ちながら階段を降り、決然として台所に足を運んだ。ドアを開けるあいだに洗濯場からは、キュブランがものを洗う響きがきこえてきた。

子供たちは、食器戸棚の前に椅子を引っぱってきていた。ノエルがそれを両方の手で押さえていた。椅子の上に立ってシトロエンが、ジョエルにつぎつぎと籠のパン切れを渡していた。ジャムの壺がまだシトロエンの足のあいだで椅子の台座の上に載っていた。三つ児の兄弟の汚れた頬は、遠征の成果がすでにいかに利用されたかを示していた。

母親がくる音をきいて子供たちは振り返り、ジョエルは泣きくずれて、ノエルがすぐそのあとにつづいた。ひとりシトロエンだけがたじろがなかった。面と向かってジャムの壺のわきにすわるあいだに、最後のパン切れを取って齧《かじ》った。あわてないでじっくり噛んだ。

またもぼんやり時を過ごしたことを考えて、クレマンチーヌは遅れて帰ったとき感じる不快感よりもっとはげしい、恥ずかしい後悔の念にとらえられた。シトロエンの態度自体――こうした挑発と挑戦のそぶりは、兄弟たちの態度をよりはっきりと示すものだった。彼のほうはこうして平然と向きあっているものの、彼もまた兄弟たちとおなじように、なにかしら禁止されたことをやり逃げるという感情を持っていたのだ。したがって彼が母親は三人をわざといじめ、自分が好きなことに敵対していると考えているのはあきらかだった。そう考えるとクレマンチーヌはひどく悲しくなって、もうすこしで自分も泣き出すところだった。だが、自分の家の台所が涙の谷のようなありさまになるのを避けるため、クレマンチーヌはくすぐられた涙腺《るいせん》を意志の力で押さえるのに成功した。

彼女は子供たちのほうに進んだ、そしてシトロエンを腕に抱いた。シトロエンは強情に体を突っぱらせた。ごくやさしく、彼女はその褐色の頬に接吻した。

「ごめんなさい、いい子ね」と、やさしく言った。「お母さんはおやつを忘れるなんて、なんてだめなんでしょう。さあ、罰としてみんなにおいしいミルク入りココアを飲ましてあげるわ」

　彼女はシトロエンを地面に降ろした。双子の兄弟の涙はぴったりと止まっていた、二人は喜んできゃあきゃあ声を上げクレマンチーヌのほうに突進した。そして彼女が竈《かまど》に近づいて鍋をはずし、それを牛乳で満たすあいだ、汚れた顔を黒いタイツをはいた彼女の脚にこすりつけていた。シトロエンは茫然として、手にパン切れを持ったままクレマンチーヌをながめていた。皺が寄った額がゆるんだ。目が涙で輝いていた、だが、彼はまだはっきり態度を決めかねていた。籠絡《ろうらく》するように彼女はほほえみかけた。彼もまた青いリスのように臆病な微笑でもって笑った。

「さあ、どんなにわたしのことが好きになるかわかるわよ」と、彼女はほとんど自分に言いきかせるようにつぶやいた。「もうなんにもわたしのことを怒らなくてもいいわよ」

だが、そうだ、彼らはこうして自分たちだけで物が食べられる、もうわたしを必要としていない、と彼女は苦い気持ちとともに思った。もうたぶん水道の栓を回すことだってできるだろう。

　かまうものか。また彼らの心を取り戻すことだってできる。たっぷり愛情を注いでやろう。たっぷり愛情を注がれて、手厚い配慮と世話で織りなされた彼らの全生活は、彼女の存在がなければ意味を失うだろう。

ちょうどそのとき、窓越しにさまよっていた彼女の目は、かなたの納屋の方角で濃い煙が立ちのぼるのが見えた。それは燃えている船の進水路だった。

彼女は見にいこうとして表に出た。背後では三人の子供がおしゃべりをしていた。確かめるまでもなく、彼女はすでに火事が意味するものを感じていた。最後の邪魔ものが消えてなくなろうとしていた。

納屋はばりばり、ごうごう音をたてていた。炭化した木材の断片が屋根から落ちてきた。入り口の前ではジャックモールが、じっと動かず真赤な炭火をながめていた。クレマンチーヌは肩に手をかけた。彼は飛び上がった、だがなにも言わなかった。

「アンジェルは行ったの？」と、クレマンチーヌは尋ねた。

彼はうなずいた。

「みんな燃えてしまったら、メイドとかたづけてください」と、クレマンチーヌは言った。「たいへんいい子供たちの遊び場になりますわ。機械体操用の棒を建ててやりましょう。つまり、あなたが建ててやるのよ。あの子たちは王さまみたいに遊ぶんだわ」

彼はびっくりした様子だったが、彼女の顔を見て議論は無用なのを悟った。

「できますわよ」と、彼女は保証した。「夫だったらきっと巧くやったでしょう。器用でしたから。あの子たちが彼に似ているといいわ」

III

1

いちよん月五十五日

「すでにここにきて四年と何日か」と、ジャックモールはひとりごとを言った。髭が伸びていた。

2

いちよん月五十九日

小糠《こぬか》のような悪性の雨が降り、みんなは咳をした。庭はべとべとになって流れた。空とおなじ灰色の海はかろうじて見えるばかりで、湾のなかでは雨は風のまにまに傾いて、斜めに大気を刻んでいた。

雨が降るときにはなにもすることがない。みんなは部屋で遊ぶ。ノエルとジョエルとシトロエンは自分の部屋で遊んでいた。涎《よだれ》をたらす遊びをしていた。シトロエンは四つん這いになって絨毯の縁に沿って歩き回り、赤い斑点があるごとに止まった。そして頭を傾けて涎を落とした。ノエルとジョエルはあとについて、おなじ場所に涎をたらそうと努力していた。むずかしい。

それでも雨は降っていた。クレマンチーヌは台所で牛乳入りピューレを作っていた。彼女は脂肪がついていた。もう化粧はしなかった。子供たちの世話をしていた。仕事を終えると、彼女はまた子供たちの監督に上へのぼった。部屋にはいっていくと、キュブランが子供たちを叱っていた。

「あんたたちはだいきらいよ。不潔な子だわ」

「外は雨だ」と、ちょうどみごとな涎の線を作るのに成功したシトロエンが言った。

「外は雨だ」と、ジョエルが繰り返した。

「雨だ」と、ノエルがもっと簡潔に言った。

同時に彼がせいいっぱい言っていることも事実だった。

「こんなに汚して誰が掃除するの？」

「おまえだ」と、シトロエンが言った。

クレマンチーヌがはいってきた。彼女は終わりのところをきいていた。

「もちろん、あんたがするのよ」と、彼女は言った。「あんたはそのためにいるんですから。かわいそうに、この子たちはりっぱに遊ぶ権利があるわ。そんなによい天気だと思って？」

「常識じゃあ考えられませんわ」と、キュブランは言った。

「もうたくさん」と、クレマンチーヌは言った。「またアイロンをかけにいってちょうだい。子供たちの面倒はわたしが見るから」

　メイドは出ていった。

「いい子ちゃんたち、涎をおたらしなさい」と、クレマンチーヌは言った。「おもしろいんだったら涎をたらしていいのよ」

「もうしたくない」と、シトロエンが言った。

　そして立ち上がった。

「来いよ」と、兄弟たちに言った。「汽車ごっこしよう」

「こっちにきていっしょにレース《ビゼット》を作りましょう」と、クレマンチーヌが言った。

「いやだ」と、シトロエンが言った。

「いやだ」と、ジョエルが言った。

　ノエルはなにも言わなかった。それ以上短縮できる可能性はなかった。

「みんなもうママが好きじゃないの？」と、クレマンチーヌは膝をついて尋ねた。

「そんなことないよ」と、シトロエンが言った。「でも汽車ごっこして遊ぶんだ。ママは汽車に乗ってくれなくちゃ」

「いいわよ、乗るわ」と、クレマンチーヌは言った。「さあ！　ご乗車ください！」

「声を出して」と、シトロエンは言った。「ママは汽笛やって。ぼくは車掌だ」

「ぼくもだ」と、シュッ、シュッ、シュッをやりはじめたジョエルが言った。

「ぼく……」と、ノエルが言いかけた。

そして黙った。

「まあ！　ほんとにみんないい子ね」と、クレマンチーヌは言った。

彼女は子供らに接吻をはじめた。

「声出して」と、シトロエンは言った。「到着するよ」

……………………………………………………………

ジョエルは速度をゆるめた。

「さあ！」と、クレマンチーヌは、あまり叫んだためつぶれた声で言った。「この汽車はものすごくよく走るわね。みんなピューレを食べにいらっしゃい」

「いやだ」と、シトロエンが言った。

「いやだ」と、ジョエルが言った。

「お母さんを喜ばせて」と、クレマンチーヌは言った。

「いやだ」と、シトロエンは言った。

「いやだ」と、ジョエルは言った。

「じゃあ、お母さんは泣いちゃうわよ」と、クレマンチーヌは言った。

「できやしないや」と、ノエルがうぬぼれの強い母親の意見をはなから軽蔑し、簡潔にことを済ます普段のやり方を棄てて言った。

「まあ！　わたしが泣けないですって？」

彼女はわっと泣きだした、だがシトロエンがすぐにとめた。

「だめだ」と、彼は言った。「ママはできない。ママはウェー、ウェー、ウェーって泣く。ぼくらはワーって泣くんだ」

「じゃあワー、ワー、ワー！」と、クレマンチーヌは言った。

「そうじゃない」と、ジョエルが言った。「そら」

そして、その場の雰囲気に駆られてノエルが涙を一滴出すのに成功した。ジョエルはあくまでがんばってつづけた。シトロエンはけっして泣かなかった。だが、とても悲しかった。たぶん絶望さえしていたろう。

クレマンチーヌは不安になった。

「あなたたちほんとうに泣いてるの！　シトロエン！　ノエル！　ジョエル！　いい子だ

からそんな馬鹿な真似はやめなさい！　坊やたち！　ほんと！　さあ！　泣かないで！　いったいどうしたの？」

「下品！」と、ジョエルが悲痛にわめいた。

「意地悪！」と、シトロエンが怒って金切り声をあげた。

「ウェーン！」と、ノエルがいっそう激しく泣きたてた。

「坊やたち！　ちがうってば！　なんでもないのよ、ねえ、ふざけてやっただけよ！　ほんと、気が違いそうになるわ」

「ぼくはピューレいらない」と、シトロエンは言って、また泣きわめきはじめた。

「ピューレいらない」と、ジョエルが言った。

「いらない！」と、ノエルが言った。

ジョエルとノエルは興奮すると、また赤ん坊のようなしゃべり方になるのだった。

クレマンチーヌはすっかり度を失って、子供たちを愛撫し、抱擁しつづけた。

「さあみんな」と、彼女は言った。「いいわよ！　ピューレはあとにするわ。今じゃなくて」

まるで魔法のようにすべては停止した。

「おい、お船ごっこしよう」と、シトロエンがジョエルに言った。

「うん！　そうだ、お船ごっこだ」と、ジョエルが言った。

「お船ごっこ」と、ノエルが結論をくだした。

彼らはクレマンチーヌから離れた。

「かまわないで」と、シトロエンが言った。「ぼくらは遊ぶんだ」

「かまわないわ」クレマンチーヌは言った。「あなたたち、わたしに編み物していて欲しい？」

「あっちで」と、シトロエンが言った。

「あっちいけ」と、ジョエルが言った。「それ、船だ！」

クレマンチーヌはため息をついた、そしていやいやながら外に出た。彼女は子供たちがまだほんの小さく、かわいいままでいてくれることを望んだだろう。子供たちがはじめて乳を飲みだした日のように。彼女は頭をたれて思い出した。

3

にろく月七十三日

ジャックモールさんは憂鬱に、

村のほうへ向かってた。
年をとったと考えてた、
後悔でぐちゃぐちゃになって
彼はからっぽ、それはほんと
全然進歩はありません
天気は灰色　じめじめし
かき卵みたいな泥んこが
汚れたお靴にくっついて……

一羽の鳥が長い鳴き声をあげた。「ああ！　畜生！　畜生！」と、ジャックモールは言った。「おまえはおれの考えを乱した。せっかく巧くはじまりかけていたのにな。以後は、おれは三人称でしか自己を語ることはないだろう。こいつはいい思いつきだぞ」彼はあいかわらず歩きつづけていた。道のところどころの生け垣は、冬のあいだにホンケワタガモのホンケワタガモ（これは gentlemen's gentlemen が紳士の子供（ふつうは「貴人の従僕」を意味する）であるようにホンケワタガモの子供である）に飾られていた。そしてサンザシの枝に重なったこれらの小さなホンケワタガモは、みんな嘴《くちばし》で大きく腹を搔きながら、人工の雪を形づくっていた。道の緑はさわやかで緑色をし、水に浸され、蛙がいっぱいいいて、じゅうしち月の乾燥期が来るまで生きる楽しみを味わっていた。

「おれはやられた」と、ジャックモールはつづけた。「この地方にやられた。ここに着いたときにはおれは活気に満ちた若い精神科医だった、それが今じゃあ、活気が欠落した若い精神科医だ。むろんそれは大きな違いだ。で、そいつはこの腐った村のせいなんだ。むかむかするような村の畜生めだ。おれがはじめて見た老人市《いち》。今じゃあおれはうわべは老人市などへいちゃらだ、いやいやながらも小僧たちを引っぱたき、もうラ・グロイールも虐待した、さもなければおれのほうが被害を蒙《こうむ》るからな。さてとだ！　そんなことはもうみんなおしまいだ。おれは精力的に仕事にかかる。そうジャックモールさんはお考えになってた。人間の頭のなかでどれほど多くのことがなくても平気かとても信じられないくらいだし、いろいろと考えさせられるなあ」

道はジャックモールの足の下でうめいていた。シューシューいっていた。グーグーいっていた。ゴソゴソいっていた。ガサガサいっていた。空には絵画のような鳥たちがカーカー鳴いていた、だが音もなく、というのは風は逆の方向に吹いていたからである。

どうしてこの辺には漁師はいないのか？　と突然ジャックモールは考えた。海はすぐそばだし、蟹《かに》や、ツタノハガイや、鱗《うろこ》のある食料品はたくさんいるのに。では？　では？　では？　では？　では？

それはつまり、港がないからだ。彼はこの発見がたいそううれしかったので、悦にいってひとりで微笑した。

大きな褐色の雌牛の頭が、生け垣の上に飛び出していた。彼は今日はを言おうと思って近寄った。頭はおかしな方向を向いていた、で彼は呼びかけた。すぐそばに着いたとき、それが尖った矛《ほこ》の上に乗っかった切られた首であることを発見した。たぶん刑罰を受けた雌牛だ。貼札《はりふだ》がちゃんとあった、だが溝のなかに落ちていた。ジャックモールは札を拾って、泥と文字との混合を読んだ——今度——汚れ——は——汚れ——もっと——汚れ——乳——汚れ——を出せ——汚れ。汚れ。汚れ。

彼はいやな気持ちになって首を振った。彼はそれに慣れることができなかった。まだしも小僧なら……だが家畜はいけない。で、また貼札を捨てた。空飛ぶ動物が雌牛の目と鼻を食べてしまっていて、雌牛は滑稽な癌患者に似ていた。

また一丁ラ・グロイール行きの恥か、と彼は言った。そいつはまたラ・グロイールに降りかかってくるにちがいない。で、彼は金《きん》をもらうだろう。金《きん》ではなにも買えないのだからむなしい。したがって唯一の価値ある物だ。値段がないのだ。

こうしてジャックモールさんは
元気よい足どりで歩きつづけながら
金《きん》の真の価値について

はっきりした論拠を見いだしたのでした

ふん、ふん、とジャックモールは自分に言った。おれはおれの最初の言葉を発見したぞ。この名証的事実の内容のほうはたいして重要じゃない、なぜなら、ラ・グロイールが自分の金《きん》がなんの意味もないような状況におかれているのは構造的なものだからな。それに金《きん》なんてやつおれはどうだっていい、だが、おかげで百メートルは道が進めたってわけさ。

村があらわれた。赤い小川にラ・グロイールの小舟が、屑物を待ちかまえてさまよっていた。ジャックモールは声をかけた。船がすぐそばまできたとき、なかに飛び込んだ。

「どうする？」と、彼は陽気に言った。「なにか新しいことは？」

「なにも」と、ラ・グロイールは答えた。

ジャックモールは今朝がたから心の底でもやもやしていたある考えが、はっきり言葉となってあらわれるのを感じた。

「どうです、あなたのお宅へうかがうってのは？」と、彼は提案した。「あなたに幾つかきいてみたいことがあるんですが」

「いいですとも」と、ラ・グロイールは言った、「いけないはずがないでしょう。さあ行きましょう。あ、ちょっと失敬」

バネにかかったように彼は川のなかに飛び込んだ。とはいうものの彼は震えていた。あえぎながら、漂っている破片のほうへ突進すると、巧みにそれを口でとらえた。それはかなり小さな手だった。インクで汚れた手。そしてまた舟に上がった。

「こいつは」と、彼は手を調べながら言った、「シャルルの子はまた習字をやるのをいやがったんだな」

4

よんはち月九十八日

おれはほんとにだんだんこの村がいやになるな、とジャックモールは顔を鏡に映しながらひとりごとを言った。

彼は髭を刈ったばかりだった。

5

よんはち月九十九日

クレマンチーヌは空腹だった。昼食には、三人の子供にむりやりたくさん食べさせることに一生懸命だったので、もうほとんど食べなかった。クレマンチーヌは部屋のドアを確かめにいき、錠に鍵をおろした。これで安心だ。誰もはいってはこまい。部屋の中央に戻ると、軽くリンネルの洋服のベルトをゆるめた。こっそり衣装戸棚の鏡に映った自分の姿を見た。窓のところにいき、おなじくそれをしめた。それから衣装戸棚に近づいた。そしてたっぷり時間をかけて、すぎてゆく時間を味わった。彼女は戸棚の鍵を、軽い革の組紐でベルトにつるして持っていた。その鍵をながめて、錠のなかにすべりこませた。戸棚のなかはいやな臭いがした。それはまさしく腐った死骸の臭いだった。ボール紙製の靴箱があり、臭いはそこから発していた。クレマンチーヌは箱をつかみ、臭いを嗅いだ。箱のなかには、台皿に載せたビフテキの残りが完全に腐り果てていた。蠅もいなければ蛆もいない清潔な腐敗。ただ単に、それは緑色になり悪臭を放っていた。おそろしく。彼女はビフテキに指を伸ばしてさわってみた。それは容易にへこんだ。指の臭いを嗅いだ。充分に腐っている。そうっとビフテキを親指と人さし指でつまむ、そしてきれいに一口嚙み取るように気をつけながら注意深く齧《かじ》った。容易だった。柔らかだった。彼女は腐りかけた肉——それは頬の奥にすっぱい感じを与えた——のいくぶん石鹼に似た歯ごたえと、箱から立ちのぼる強烈な臭いを同時に感じながら、ゆっくりと咀嚼《そしゃく》した。半分食べて残りを箱に返し、それを元の位置に押し戻した。その横に、ほとんどおなじような状態になって、完全に小皿の上に溶けて流れた三角形のチーズがあった。彼女はそれに指を浸し、嘗《な》め、何回か繰り返した。心残りを感じながら戸棚をしめ、洗面所にいき、手を洗った。それからベッドの上に横になった。今度は吐かないだろう。彼女はそれを知っていた。いまやすべてを体内にとどめるだろう。充分に空腹でありさえすればよいのだ。そうするように気をつけるだろう。いずれにせよ、原則を貫き通さねばならなかった――いちばん良いところを子供たちに。彼女は最初のときのことを考えて笑った、彼女は残り物を食べ、子供たちの皿のなかのロース肉やハムの脂身《あぶらみ》を平らげ、朝食の碗の回りに散らばった、牛乳を浸したパン切れ《タルチーヌ》の端を食べつくすことで満足していた。だが、そんなことは誰だってできる。どんな母親でも。あたりまえのことだ。桃の皮となるとすでにもっとむずかしかった。舌の上のビロードのような感覚のせいで。けれども桃の皮などおなじくたいしたことではない。かつまた身といっしょに食べる人も大勢いる。だが、そうした屑をすべて腐らせるのは彼女だけだ。子供たちはまさしくこの犠牲に値する――それがおぞましければおぞましいほど、悪臭がすればするほど、彼女は子供たちに対する愛がいっそう強化され、確認される気持ちがするのだった、あたかもこうしてみずからに課す責苦が、もっとも純粋かつ真実なものから生まれてきたものでありうるかのように――あしたいっさいの遅刻を贖《あがな》わねばならなかった、子供たちのことを考えずにすごした一刻一刻を贖《あがな》わねばならなかった。

だが、彼女はあいかわらず漠然と不満だった、なぜならまだ蛆を飲みこむ決意が定まらなかったからである。それに、取り除けた屑を蠅帳《はいちょう》に入れて蠅から守るのはごまかしであることを知っていた。たぶん、結局のところ、そいつは子供たちの頭上に飛びかかることになるだろう……

明日、彼女はためすだろう。

6

よんはち月百七日

こんなに不安なのはなぜ？　クレマンチーヌは、窓辺に肘をつきながら自分に問うた。庭は日光に金色に染められていた。

わたしはノエル、ジョエル、シトロエンがどこにいるか知らない。今の瞬間、彼らは井戸に落ち、毒のある木の実を食べ、道で弩《いしゆみ》で遊んでいる子があるとしたら目に矢を受けているかもしれない、コッホ菌が行く手をさえぎっていれば結核に感染しているかもしれない、あまりに強烈な花の香りを吸って気を失い、村の子供の祖父が連れ帰った蠍《さそり》——その男は最近蠍の国から帰った高名な探検家だ——に刺され、木から落ち、あまり速く走って脚を折り、水遊びをしていておぼれ、断崖を下っていてよろめいて首を折り、古い鉄線ですりむき、破傷風になっているかもしれない。彼らは森の奥にいき石をひっくり返しかけている、その石の下には黄色い小さな幼虫がいてたちまち孵化し、村をめがけて飛び立ち、性悪の雄牛の小屋にしのび込み、鼻のあたりを刺そうとしている。雄牛は小屋を飛び出し、なにもかも破壊する。さてそこで雄牛は家の方角めがけて道に出る、雄牛は狂ったように、曲がりかどで黒い毛の房をヒロハヘビノボラズの生け垣に引っかけて残していく。ちょうど家の前で雄牛は頭を下げ、目の見えなくなりかかった老いぼれ馬に引かれた重い荷馬車めがけて飛びかかる。衝撃で荷馬車はばらばらになり、金属の一片が驚くほど高く空中に投げ飛ばされる。たぶんそいつはねじ釘、ボルト、ねじ止め、釘、長柄の金具、引き革を支持する小鉤《こかぎ》、輪——車大工が作り、それからこわれ、手で削ったトネリコの薄板で修繕した輪——の鋲《びょう》だ、そして鉄の一片はひゅーっと音をたてながら青空にのぼっていく。それは庭の格子の門の上を越え、いけない、また落ちてくる、落ちてくる、落ちながら羽根蟻の羽根をかすめ、それを引きちぎり、蟻は方角を誤り、安定を失って、傷ついた蟻のように木々の上をさまよい、突然芝生の方向に墜落してくる、いけない、そこにはジヨエルとノエルとシトロエンがいる、そして蟻はシトロエンのほっぺたの上に落ちてきて、たぶんそこにジャムのしみがついていたのだろう、刺す……

「シトロエン！　どこにいるの？」

クレマンチーヌは部屋の外に駆け出していた、そして全速力で階段を駆け降りながら、われを忘れて叫んだ。玄関で、女中に突き当たった。

「どこにいるの？　子供たちはどこにいるの？」

「まあ、眠っていますわ」と、相手はびっくりした顔で答えた。「だってお昼寝の時間ですもの」

そうだとも！　たしかにそれは今度は起こらなかった。だが完全にありうることだ。彼女はまた部屋へのぼった。動悸がしていた。まさしく子供たちをひとりで庭にいかせるのは危険だ。いずれにしろ、彼らに石を引っくり返すことは禁じなくてはならない。石の下にはなにがあるかわかったものじゃない。有毒のわらじ虫、刺されると致命傷になる蜘蛛、治療薬がまだ知られていない植民地病を運搬するかもしれない油虫、ある医師が自分の治療していた十一人の患者を殺害した事件のときに、村へ逃げ、そこに隠した毒針——医師は彼らに、自分に好都合になるよう遺書を書きかえさせたのだった——若いインターン生によって発見された恥ずべきぺてん、そのインターン生は赤髭を生やした奇妙な男だった。

ジャックモールはいったいどうしたのかしら？　と彼女はそのことに関連して、あるいはその逆で考えた。わたしはもうほとんど彼に会わない。まあそれに等しい。彼は精神科医であり精神分析学者でもあるという口実のもとに、たぶんジョエルとノエルとシトロエンの教育に口を出してくるだろう。いったいどういう権利があってか疑わしいものだ。子供たちは母親に属している。母親は子供を作るのに腹を痛めたのだから、彼らは母親のものだ。父親のものじゃない。そして母親の言うとおりにしなければならぬ。母親は子供たちよりよく彼らになにが必要か、なにが彼らにとってよいことか、どうすればできるだけ長いあいだ子供でいられるか知っている。中国の女の纏足《てんそく》だ。中国の女は足に特別の靴をはかされる。あるいは包帯かもしれない。あるいは小さい万力かも。あるいは鋼鉄の型かも。いずれにせよ、彼女らの足がいつまでもごく小さいように処置されるのだ。それとおなじことをすべての子供にしなければならないだろう。彼らの成長を止めることを。彼らは今の年ごろであるほうがずっとよいのだ。気苦労もない。欲求もない。悪い欲望もない。もっとあとになると彼らは大きくなりかける。自分の領域を広げようとする。もっと遠くにいこうとする。で、どれほどの新しい危険が起こるか。もし子供たちが庭から出るとすれば、千もの危険が増す。どうして千だ？　一万じゃないか。それにわたしは寛大じゃない。どんなことをしても彼らが庭から出るのを止めなければならない。庭のなかだって、すでに彼らは数えきれないほどの危険を冒している。思いがけなく突風が起こり、枝が折れ、彼らをたたき殺すかもしれない。もし突然雨が降ってくれば、そして彼らがお馬ごっこをしたあとで――あるいは汽車ごっこ、憲兵ごっこ、泥棒ごっこ、あるいは他のありふれた遊びをしたあとで、汗にぬれていれば、突然雨が降ってくるならば、肺充血に、あるいは肋膜炎、あるいは風邪、リューマチの発作、小児麻痺、腸チフス、猩紅熱《しょうこうねつ》、麻疹《はしか》、水《すい》痘《とう》、また例の誰もまだ名を知らない新しい病気にかかるだろう。で、もし嵐が起これば。

雷が。稲妻が。知らないけれどよく言うイオン化現象《イオニザシオン》だって起こるかもしれない、名前からしていやらしくて恐ろしい、栄養失調《イナニシオン》を思い出す。そしてその他のたくさんのことが起こるかもしれない。子供らがもし庭を出るとすれば、事態はいっそう悪いことはあきらかだ。だが、目下のところそれを考えるのはやめよう。庭に固有の可能性を全部考えつくすのだってたいへんな仕事だ。そして子供たちがもっと大きくなったらば、ああ！　ああ！ああ！　そうだ、あきらかにこの二つは恐ろしい――彼らが大きくなること、そして彼らが庭を出ること。どれほどの危険が予測されるか。ほんとうだ、母親というものはすべてを予測しなければならない。けれどもそれはしばらくわきに除けておこう。そうしたことはみんなもうちょっとあとで考えよう。忘れはしない、大きくなることと外に出ること。だが目下のところは庭に話をかぎりたい。庭だけだって事故の数は膨大だ。ああ！　ほんとだ！　小道の砂利だって。子供たちに砂利遊びをさせておくことはおかしいと、何回となくわたしは言わなかったろうか？　もし彼らが砂利を飲み込んだら？　すぐには気がつかない。で、三日たてば盲腸炎だ。すぐに手術をしなければならない。で、誰がする？ジャックモール？　あれは医師じゃない。村の医者？　獣医しかいない、簡単なことだ、子供たちは死ぬだろう。それも苦しんだあとで。熱。叫び声。いや、彼らは叫びはしない、うめくだろう、そのほうがもっと恐ろしい。それに氷もない。腹の上に載せてやる氷を見つけることは不可能だ。体温が上がりに上がる。水銀が限界を越す。体温計が爆発する。

そしてガラスの破片が飛んできて、シトロエンが苦しむのを見ているジョエルの目に突き刺さる。血が出る。ジョエルは目がつぶれるだろう。彼を看護する者は誰もいない。みんなはしだいに静かにうめくシトロエンのほうにかかりっきりだ。その混乱に乗じてノエルが台所に忍びこむ。竈《かまど》の上には湯の煮えたぎる鍋がかかっている。ノエルは腹が減っている。みんなは彼におやつをやらなかった。もちろんだ、兄弟たちが病気だ、みんなはノエルのことを忘れている。彼は竈の前の椅子にのぼる。ジャムの壺を取るために。だがメイドが壺をふだんよりいくぶん遠くに置いておいた、というのも飛んでいる埃に困ったからだ。もしもメイドがもうちょっと気をつけて掃いていれば、そんなことも起こらないだろうに。ノエルは体を傾ける。すべる。鍋のなかに落っこちる。叫び声を上げる間がある、一回だけ、で彼は死んだ、だがまだ機械的に、生きたまま煮え湯にほうり込まれた蟹《かに》のようにもがいている。蟹のように赤くなる。彼は死んだ。ノエル！

クレマンチーヌはドアのほうに駆け出した。メイドを呼んだ。

「はい、奥さま」

「昼食に蟹を出すことを禁止します」

「でも奥さま、蟹はありません。ローストビーフと砂地のお芋です」

「でもとにかく蟹は禁止します」

「はい、奥さま」

「それからもうけっして蟹は料理しちゃいけません。ロブスターも。ザリガニも。伊勢海老《えび》も」

「はい、奥さま」

彼女は部屋に戻った。すべてを子供たちが寝ているときに料理させたほうが、そして冷やして食べたほうがよくはないだろうか。彼らが目覚めて、起きているときには絶対火がないほうが？　もちろんマッチは、注意深く鍵をかけてしまっておくこと。それはもうやっている。子供たちが飲む湯ざましは、夜、彼らが床にはいってから沸かすようにしよう。湯ざましのことを思いついてよかった。黴菌《ばいきん》はよく煮れば毒性がなくなる。それはそうだ。だが、子供たちが庭にいるとき口に押し込むいろいろなものは。あの庭。子供たちを庭に出すのをほとんど避けるようにしなければならない。庭のほうが清潔な部屋より健康によくはない。非常に清潔な毎日洗った部屋、そうだ、たしかにそれは庭よりよい。もちろんタイル張りの床の上で風邪を引くことはある。だが庭だってそうだ。気流があるのはおなじだ。それに濡れた草。非常に清潔な部屋。そうだ！　それがいい。あとはタイルの危険が残っている。子供たちが切るかもしれない。手首の動脈を切り、いたずらをしたというのでそのことを言えない。血がどんどん流れ、シトロエンは真青になる。ジョエルとノエルは泣き、シトロエンは出血する。大人たちは用たしにいったのでドアに鍵がかかっている、そしてノエルは血を見て怯え、助けを呼ぼうとして窓から出ようとする、そら、彼はジョエルの肩にのぼる、無器用にしがみつき、落っこち、自分も首に怪我をする、頸動脈だ。数分間で彼は死んだ、小さな顔が真白だ。いや、そんなことはありえない、鍵がかかった部屋はない……

彼女は部屋の外へ突進した、そしてまるで狂ったように三人の子供が寝ている部屋に突入した。日光が鎧戸の隙間を通して薔薇色の壁を照らしていた。三つの規則正しい呼吸の軽い息の音しかきこえなかった。ノエルが身動きしてぶつぶつ言った。シトロエンとジョエルは眠りながら微笑していた、半ば拳を開き、力をゆるめ、無害そうに。クレマンチーヌは心臓があまりにも激しく鳴っていた。彼女は部屋を出て、自分の部屋に戻った。今度はドアをあけておいた……

わたしはよい母親だ。子供たちに起こりうる可能性はみんな考えている。彼らが陥るかもしれない危険を、すべてあらかじめ予想している。彼らがもっと大きくなったとき遭遇するだろう危険のことはまた別だ。あるいは彼らが庭から出たときの。それは別だ。そうした危険のことはまたにとっておく。さっきあとになって考えると言った。まだ時間がある。時間がある。もうすでに考えなければならない破局がたくさんある。たくさんの破局が。わたしは子供を愛している、それはわたしが子供たちに起こりうる最悪のことを考えるからだ。それを予測するために。それを予防するために。血なまぐさいイメージを思い描いて満足なのではない。いやでも心に浮かぶのだ。それはわたしが子供たちに愛着を抱いている証拠だ。わたしは子供たちに責任を持っている。彼らはわたしにかかっている。わたしの子供だ。彼らを待ちかまえている無数の災害から守ってやるため、力のかぎりを尽くさねばならない。天使のようなあの子たち。自分を守ることもできなければ、自分のためになることも知ることができない。わたしはあの子たちを愛している。わたしがいろいろなことを考えるのは彼らの幸福のためだ。そのことはわたしにとってはちっとも楽しくない。彼らが魚が放流されたばかりの川の中に落ちるかもしれないと考えて身震いする――湿った草のなかにすわるかもしれない、頭に枝が落ちてくるかもしれない、井戸に落ち、断崖の上からころがり、小石を飲み、蟻に、蜜蜂に、コガネムシに、キイチゴに、鳥に刺されるかもしれない、花の香りを吸うかもしれない、あまり強く吸い込むかもしれない、一枚の花びらが鼻孔から飛び込む、鼻がふさがる、そいつが脳までのぼる、で彼らは死ぬ、彼らはあんなに小さい、井戸に落ちる、おぼれる、枝は頭上にくずれる、タイルは傷つける、血、血、血……

彼女はもう我慢ができなかった。音がせぬよう立ち上がると、抜き足差し足、子供たちの部屋にまい戻った。椅子に腰をおろした。そこから三人をながめていた。彼らは夢も見ず、安らかに眠っていた。しだいしだいに、今度は自分もまどろんだ――引きつったように、不安げに。ときどき眠りのなかで、仲間とつながれた綱のことを考える犬のように身震いした。

7

よんはち月百三十五日

やれやれ――とジャックモールは村に着いて考えた――おれがこのひどい村にくるのもちょうど千回目だな、もうこの道からもなんにも覚えることはありゃしない。もっとも道は、おれが別のことを覚えるのを邪魔しないことも確かだが。まあまあ、せめて一度ぐらいは気晴らしができるだろう。

いたるところに貼り紙があった。たぶんこんにゃく版（平板印刷の一種）で刷ったのだろう、紫色で印刷した白い貼り紙。**今日の午後、豪華な見せ物**……等々、等々。見せ物は司祭館の裏の車庫で催される。それが司祭主催であることは疑う余地がなかった。

赤い小川には、ラ・グロイールの影もない。きっと彼はもっと先の、川の曲がった向こうにいるのにちがいない。灰色の家々からは晴れ着を着た、つまり喪服とおなじ服を着た連中が出てきた。小僧たちは家に残っていた。彼らが残念がらぬよう、人びとは見せ物の日には足でさんざん蹴っ飛ばし、したがって小僧たちは午後いっぱい自分たちだけで家に残れるのをたいへんうれしく感じていたのである。

ジャックモールは今ではあらゆる角、回り道、近道を知っていた。彼は、あいかわらず定期的に老人市が開かれている大きな広場を横切り、学校に沿って歩いていった。数分後には、司祭の聖歌隊の少年の一人が開けている窓口で切符を買うため、教会をつたって回っていった。ジャックモールはよく見えるよう高い席を買った。それから車庫のなかにはいった。他の連中が先だったし、あとからくる連中もあった。車庫の入口で、第二の聖歌隊の少年が切符の半分をちぎった。というかもっと正確には、切符全体を半分ずつ二つにちぎってその片方を彼に返した。第三の聖歌隊の少年がある一家を席に着かせていた、で、彼は少年が自分の案内にくるのを待ったが、たいして時間がかからなかった。聖歌隊の三人の少年は正装、すなわち赤いスカートに小さな球帽、レースの縁飾りをつけていた。最後の少年はジャックモールの切符をつかんだ、そして精神科医を平土間前方の席まで案内した。司祭は車庫のなかに、教会のありとあらゆる椅子を積み上げていた。あまり椅子が多くて、ある場所では積み重ねられた椅子しかなく、すわることもできなかった。だがそうすることによって、切符をよけいに売ることができたのである。

ジャックモールは席に着いた、そしてチップを待っているようにみえる聖歌隊の少年に、心ならずも平手打ちをくわせた。少年はそれ以上を求めようとはせず立ち去った。それ以上とはおそらくそれに適した何発かの拳骨であったろう。ジャックモールが、こうした習慣に対して日ごろ抱いていた嫌悪にもかかわらず、公衆の面前で地方の慣習に反抗しなかったのは当然のことである。彼は困惑し、落ち着かない気分で、見せ物の道具だてをながめはじめた。

車庫の真中に、四方から教会の椅子に囲まれて、完全にしつらえられたリングがそびえていた——それは強力な金属のつなぎ梁《ばり》でささえられた、彫刻のある四本の柱でできていて、そのあいだに緋色のビロードの綱が張ってあった。対角線をなす二本の柱は、ほぼイエスの生涯のありふれた場面をあらわしているにすぎなかった——道ばたで足を搔いているイエス、赤ぶどう酒一リットルをあけているイエス、釣をしているイエス、一言で言うならば古典的な聖スルピス会宗教画の要約である（パリの聖スルピス寺院の美術はしばしば悪趣味とされる）。それにひきかえ他の二本は、もっと独創的な特徴を持っていた。左手のジャックモールにいちばん近い柱は、全体的に巨大な三叉《みつまた》の戟《ほこ》の形をしていて、戟《ほこ》先を宙に向けて突っ立ち、全面悪魔のような彫刻に飾られ、そのうちのあるものはまさしく一ドミニコ会修道者を赤面させるにふさわしく《プロプル》（ないしは汚く）思われた。ないしは何人ものドミニコ会修道者を。さらにはイエズス会修道士の大佐《コロネル》（コロンヌ＝柱とかけた?）をも。最後の十字架の形をした柱は、もっと卑俗な様式で、裸になった司祭が後ろ向きで、ベッドの下のカラーボタンを捜している肖像をあらわしていた。

人びとはたえ間なくはいってきて、動かされる椅子のガタピシ、すわれない連中の呪いの声——というのは彼らはあまりに倹約家の態度を示したからだが——聖歌隊の少年のかん高い叫び、会衆の足の強烈な臭い、老人市で買われて幕間《まくあい》の休憩時間に何人かの人々につねられるために連れてこられた老人たちの呻き声などが、日曜日の見せ物の平俗な雰囲気を形成していた。突然、レコードのかけはじめの擦り減る音に似た、強いガリガリという音がきこえた、そして雷のような声が拡声器から飛び出してきたが、ジャックモールは目を上げてそれがリングの真上の大梁《おおはり》につるされているのに気がついた。何秒かして、それが司祭の声であることがわかった。音質が悪いにもかかわらず、会衆は司祭の演説の筋道をたどることができた。

「だめじゃ！」と、司祭は序説としてどなった。

「おう！　おう！　おう！」と、群集はこの気晴らしに夢中になって叫んだ。

「あなたがたのうちのある者は、不潔な吝嗇《りんしょく》の精神と見下げたけちくさい根性のゆえに、聖書の教えを愚弄されようとした。彼らは悪しき切符を買ったのじゃ。彼らはすわれぬであろう！　これは神、すなわち贅沢な被造物の御しるしのもとにおかれた《贅沢》の見せ物だ。そしてこの際誰であろうと贅沢にふるまうことを拒む者は、永久に地獄で貧弱な炭火の上で焼かれる悪人の罰を蒙《こうむ》るだろう——泥炭の火、さらにはまたヤクの糞《ふん》、乾し草の火でないとすれば」

「金返せ！　金返せ！」と、すわれなかった者たちが叫んだ。

「金は返してもらえんじゃろう。なんとかしてすわりなさい、もしくはすわるな、神はそんなことはご存じない。みなさんの椅子の上に別の椅子を脚を宙に向けて重ねておいた、そんな席の値段では椅子ぐらいしか載せられぬということを悟らせるために。叫びなさい、抗議しなさい、神は贅沢であり美じゃ、みなさんはもっと高い切符を買われればよかったのじゃ。希望する者は追加料金を支払うことができる、だが悪い席はそのままだ。償いは許しと化しはしないのじゃ」

会衆は司祭がいささか度が過ぎると思いはじめた。ジャックモールは大きながたがたいう音をきいて後ろを振り向いた。蹄鉄工が、安い料金の席に突っ立っているのが目にはいった。蹄鉄工は両方の手に椅子を一つずつ持ち、それを打ち合わせていた。二度目の打撃で椅子はマッチ棒のようにばらばらになった。彼は張った幕でそれとわかる舞台裏の方角に向けて、破片を投げとばした。それが合い図だった。悪い切符を持っている者はみんなすわれなくしている椅子をつかみ、それを砕きはじめた。力のない者は椅子を蹄鉄工に手渡した。

喧噪のさなかを破片は直線になって飛び、幕を二つにわける間隙を激しく切り開いて進んだ。とりわけみごとに命中した一発が、幕をささえている金《かね》の棒を揺すった。拡声器で、司祭がわめくのがきこえた。

「おまえらには権利がない！　贅沢の神はおまえらの卑劣な遣《や》り口、汚れた靴下、黄色いしみのついたパンツ、真黒な襟、歯石を軽蔑しておいでだ。神は脂《あぶら》っ気のないソース、付け合わせのたっぷりない雄鶏《おんどり》、骨と皮ばかりの痩せぎす馬には天国をお拒みだ。神は大きな銀の白鳥だ、神はきらめく三角形のなかのサファイアの目、黄金《こがね》の部屋におかれた壺の奥底に光るダイヤモンドの目、神は数カラットの欲情、プラチナの大いなる奇跡、マランピアの娼婦の十万の指輪、神はビロードの司教の手に持たれた永遠の大蠟燭、神は貴金属、液体の真珠、煮えたぎる水銀、エーテルの結晶のなかにお住まいじゃ。神はおまえたちをごらんになって、恥ずかしくお思いじゃ……」

この禁句によって、群衆は、腰かけていた者まで吼《ほ》えはじめた。

「やめろ、司祭！　見せ物をやれ！」

椅子がいっそう激しく飛んだ。

「神はおまえたちを恥とお思いじゃ！　粗野で、不潔で、くだらんおまえたちはこの世の雑巾《ぞうきん》、天国の菜園のジャガイモ、神の園のイラクサじゃ、おまえたちは……いやはや！いやはやなんたる！」

より正確な方向に飛んだ椅子は、完全に幕をはずれて命中した模様、そしてパンツ姿の司祭が、頭のてっぺんを押さえながらマイクの前で踊っているのが見られた。

「見せ物だ、司祭！」と、群衆が声を合わせて咆哮《ほうこう》した。

「よし！　ああ！　よし！」と、司祭は言った。

「さあ！　はじまりだ！」

騒ぎはたちまち静まった。椅子は今ではほとんど全部満員となり、そして聖歌隊の少年たちが司祭の回りに走り寄った。なかの一人が司祭に褐色で丸い物を差し出すと、司祭はそのなかに片手を突っ込んだ。もう一方の手にもおなじことを。それから司祭はあざやかな黄色の豪華な部屋着を身にまとうと、足をひきずりリングに飛び上がった。彼はマイクを持ち込んでいて、それをあらかじめ張ってあった頭上の線に引っかけた。

「本日は」と、彼はだしぬけに告げた、「みなさんの面前において猛烈かつ決然として、三分間十ラウンド、悪魔との対戦を行ないます！」

群衆のうちには不信のささやきが起こった。

「笑うでない！」と、司祭はどなった。「信ぜぬ者は照覧あれ！」

そして合図をした、と聖具室係が稲妻のように舞台裏から姿をあらわした。強烈な硫黄の臭いが立ちこめた。

「一週間前、わたしはつぎの事実を発見した」と、司祭は告げた。「わたしの聖具室係は悪魔である」

聖具室係は無造作になかなかみごとな炎を口から噴出させた。身につけた長い部屋着にもかかわらず、脚の長い毛と、二つにわれた蹄《ひづめ》がはっきりと見てとれた。

「こいつのために喝采を！」と、司祭が言った。

むしろ気のない拍手がぱちぱちと鳴った。聖具室係は腹を立てたように見えた。

「最高の贅沢愛好家であるローマ皇帝たちが開催するのに長じていた豪華な闘技以上に、神の気に入ったものがあるだろうか？」と、司祭はどなった。

「やめろ！」と、誰かが叫んだ。「血だ！」

「よし！」と、司祭は言った。「よし！　ああ！　よし！　もう一言だけじゃ。おまえたちはくだらん愚鈍な人間だ」

彼は部屋着を脱ぎ捨てた。二人の聖歌隊の少年がセコンドの役を務めた。聖具室係には誰もいなかった。聖歌隊の少年が洗面器と腰掛けとタオルを並べた、そして司祭はマウスピースをはめた。聖具室係が一言神秘的な言葉を言うと、身につけた黒の部屋着が燃え出し、赤い蒸気の雲のうちに消えた。彼は冷笑し、体をほぐすため少しばかりシャドー・ボクシングをはじめた。司祭は真青だった、そして十字を切りかけた。聖具室係が抗議した。

「おい司祭、はじまる前からローブローはよしな！」

第三の聖歌隊の少年が、金槌《かなづち》で銅鍋を思いっきり引っぱたいた。彫刻のある三叉《みつまた》の戟《ほこ》のそばの自分のコーナーにいた聖具室係は、リングの中央に進み出た。ジャム鍋のゴングの響きに、わーっ！　という満足の叫びが起こった。

悪魔は一気に短い右のフックで攻撃し、三度に一度は司祭のガードを破った。だが司祭は、すばらしいフットワークの持ち主であることを証明した。正確には、まるまると肥え、ぼってり脂《あぶら》がついていて、長さがふぞろいであるにもかかわらず、すばらしく敏捷な二本の脚だ。司祭は相手と距離を保つよう努めながら、右のストレートで迎え打った。聖具室係がもっと有効な連打をわき腹にきめようとしてガードをあけるのを利用して、司祭は心臓の近くに左のダブル・パンチを食わせた、で、聖具室係は口汚なくののしった。群衆は喝采した。司祭はもう胸をそらしていた、と思いがけなく下顎にまともに一発アッパーカットが飛んできて、大きなダメージを受けた。それから、急速な左の連打で、悪魔は相手の右目を傷つけた。悪魔はいろいろなパンチの見本を提供しようとしているかのようだった。二人の男の体に赤い斑点があらわれだし、そして司祭は少しばかり息を切らせていた。聖具室係がクリンチしたとき、司祭は言った。

「ウァデ・レトロ！……」（「〔サタンよ〕、退け」の意。マタイ伝四―一〇）

　聖具室係は吹き出し、腹をかかえて笑った、その機会をとらえて、司祭は顔の真中に二発のみごとなパンチをたたき込んだ。血が飛び出した。ほとんど同時にゴングが鳴り響いて、二人の対戦相手はそれぞれ自分のコーナーに帰った。司祭はただちに三人の聖歌隊の少年に囲まれた。群衆は喝采していた、というのは血がたくさん出ていたからである。悪魔はガソリン缶をつかんでたっぷり一飲みし、空中に煤色《すすいろ》のみごとな噴水を吐き出して、それが少しばかりマイクの線を焼いた。群衆は一段と喝采した。ジャックモールは司祭が企画者としても、選手としても、よくやると思った。この悪魔を引っぱり出すというアイディアは、じつにすばらしく思われた。

そのあいだに、聖歌隊の三人の小さな子供は念入りに司祭をこすっていた。彼はそれほどポイント有利とは思われなかったし、いまや大きな斑点が体の方々にはっきり目についた。

「第二ラウンド！」と、ゴングの少年が告げて、そいつがバン！　と鳴った。

今度は、悪魔は早く決着をつけてやろうと決意しているかに見えた。司祭に息つく暇もあたえず、狂ったように攻撃した。それはパンチの霰《あられ》の雨だった——もし雨が霰降ると言えるならば。司祭はひっきりなしに後退して、会衆の大いなる不満のうちに二度までもクリンチした。それから、短い間隙を利用して、両手で聖具室係の頭をつかみ、鼻に膝でたっぷり一撃をおみまいした。今度は悪魔が、はげしい痛みの金切り声をあげて後退した。

そして聖歌隊の少年たちは大喜びして、全員声を合わせて叫んだ。

「インチキだぞ！　司祭万歳！」

「卑劣だぞ！」と、悪魔は鼻をさすって、極度の苦痛を示すさまざまなそぶりを見せながら言った。

司祭は満悦して腹をかかえていた。だがそれは悪魔のフェイントだった、突然司祭に飛びかかると恐ろしい二発のフックを強烈にレバーにたたき込んだ、つづいて顎にアッパーを——だが、そのアッパーは司祭が無意識的に左目でブロックした。左目がふさがった。

司祭にとっては幸いなことに、ゴングが鳴った。彼は何回も口をすすぎ、それから目の上に穴のあいた大きな生のビフテキを張りつけさせた。穴のおかげでかすかに外を見ることもできた。悪魔はそのあいだ、観衆の喜ぶいろいろな道化にふけっていた。特に、突然パンツを下げて年とった食料品屋の女に尻を見せたときには、大成功を収めた。

司祭はますます不利になりかかってきた第三ラウンドの最中に、陰険にも片方の手で避けながら、トリックに使ったマイクの線を引っぱった。とたんに拡声器がはずれて、聖具室係の頭上に落ちてきて、彼はノックアウトされてくずれ落ちた。司祭は大得意で、頭上に拳を交差させてリングを一周した。

「テクニカルK・Oでわしの勝ち」と、彼は宣した。「わしのうちで勝たれたのは神、贅沢と富の神じゃ！　神じゃ！　三ラウンドで！」

「そうだ！　ああ！　そのとおり！」と、群衆のうちで誰かが言った。

村の住民たちは、すべてがあまりに急激に起こったので一瞬黙っていた。それから抗議した、なぜなら時間が高いものについたからである。ジャックモールは幾分不安になって、事態が悪化しようとしているのを感じた。

「司祭、金返せ！」と、群衆は叫んだ。

「いいや！」と、司祭は言った。

「司祭、金返せ！」

椅子が一つ飛んだ、つづいてもう一つ。司祭はリングの外に飛び出した。椅子の雨が襲いかかった。

　ジャックモールは出口のほうにこっそり進もうとしていた、と、そのとき耳の背後に一撃をくらった。本能的に、彼はそちらに向き直って反撃した。拳骨で歯をへし折ってやる瞬間、相手が誰かわかった。それはあの家具職人であり、家具職人は口から血を吐き出しながらくずれた。ジャックモールは自分の指をながめた。関節が二カ所割れていた。彼は嘗《な》めた。ある気まずい気持ちに襲われた。そして肩をすくめてそれを振りはらった。

「かまうもんか……」と、彼は考えた。「ラ・グロイールがそいつを拾ってくれるだろう。どっちみち聖歌隊の少年にくわせてやった平手打ちのことで、会いにいかなくちゃならなかったんだ」

　彼はまだ闘いたい欲望を感じた。目の前にあるものをぶんなぐった。彼はぶんなぐった、そして大人をぶんなぐるということはおおいに気持ちを軽くした。

8

よんはち月百三十日

　ジャックモールがラ・グロイールの家の扉を押したとき、ラ・グロイールは服を着かけているところだった。もう純金の風呂桶で入浴をすませ、古ぼけた作業衣を引っかけて、金襴の豪華な部屋着に腕を通していた。いたるところに金《きん》があり、古い家の内部は一枚の貴金属板で鋳造されているかのように思われた。金が箱からあふれ、食器類、椅子、テーブルなどすべてが黄色に輝いている。最初見たときはこの光景はジャックモールをいたく驚かした、だが今では、自分の偏執に直接結びつかないものすべてに対して示すのとおなじ無関心さをもって、この光景をながめていた。つまり、もう見てさえいなかったのである。

ラ・グロイールは彼に「今日は」を言い、ジャックモールの有り様を見てびっくりした。

「わたしはなぐり合いをやったのです」と、ジャックモールは言った。「司祭の見せ物で。全員がなぐり合いました。司祭もです、でも反則をおかして。そのために他の連中も仲間に加わったんです」

「その口実に大喜びしてね」と、ラ・グロイールは言った。

そして肩をすくめた。

「わたしは……」と、ジャックモールは言った。「そのお……ちょっぴり恥ずかしいんです。なぜかってわたしもなぐり合ったので。で、ちょうどあなたに会いに来ようとしていたもんですから、現金を持ってきました……」

彼はラ・グロイールに一山の金《きん》を差し出した。

「当然ですな……」と、ラ・グロイールは苦々しそうにつぶやいた。「あなたも早く癖がつきましたな。ですが、まず服をお直しなさい。ご心配なく。わたしはあなたの恥を引き受けますよ」

「ありがとう」と、ジャックモールは言った。「さてそれでは、われわれの集いを続けては？」

ラ・グロイールは金《きん》の山を、金メッキの銀製のサラダボウルのなかにほうり込んだ、それから一言も言わずに、部屋の奥におかれた低いベッドの上に横になった。ジャックモールはそばにいってすわった。

「お話しなさい」と、ジャックモールは言った。「緊張をほぐしておしゃべりなさい。前回はあなたが学校時代、その風船を盗んだ話までいきましたね」

ラ・グロイールは手を両目に当てて話しはじめた。だが、ジャックモールはすぐには話をきかなかった。彼は好奇心をそそられた。老人の手が額の上におかれたとき、たぶん錯覚だろう、手のひらを通して、患者の熱っぽい動く視線が見えるような気がしたのだ。

9

よんはち月百三十六日

ジャックモールは自分を知識人だと感じる日、アンジェルの図書室に引きこもって読書した。本はただの一冊しかなかった、それだけあれば充分、それは非常によい百科辞典で、ジャックモールはその一巻――悲しいかな、たいそうかさばってはいたが――のなかに、通常の蔵書を構成するあらゆることの本質的要素が論理的ではないまでもABC順に分類され、配置されているのを見つけたのである。

彼は通常、旗のページに目をとめた――そこには色があり、そして他のページよりあきらかに密度の低い文章が頭を落ちつかせ、疲れをいやしてくれる。左から数えて十一番目、黒地に血まみれの一本の歯の旗は、その日ジャックモールに、森で見かける小さな野生のヒヤシンスのことを考えさせた。

10

じゅうしち月一日

三人の子供は、庭の家からよく見えないところで遊んでいた。自分らの場所を選んだのだ――そこには適当な割合で、小石、土、草、砂があった。影と日光、乾いたものと湿ったもの、硬いものと柔らかいもの、鉱物的なものと植物的なもの、生きたものと死んだものがあった。

　彼らはほとんど口をきかなかった。鉄のシャベルを持って、めいめい自分のために長方形の穴を掘っていた。ときどきシャベルがおもしろい物に当たると、その所有者がすぐに拾い上げて前に発見された物の山の上においた。

　百回もシャベルで掘った末、シトロエンが手を休めた。

「ストップ！」と、彼は言った。

　ジョエルとノエルはしたがった。

「ぼくは緑色のを持ってるぞ」と、シトロエンが言った。

　そしてエメラルドのような輝きをした、光る小さな物体を見せた。

「ぼくのは黒色だ」と、ジョエルが言った。

「ぼくのは金色だ」と、ノエルが言った。

　彼らは三つの物体を三角形に並べた。シトロエンは慎重に、乾いた柴を使って三つを寄せた。それから、彼らはそれぞれ三角形の頂点にすわって待った。

　三つの物体のあいだの地面が、突然裂けた。一本の白い小さな手が出てきて、つづいてもう一本。手は穴の縁にしがみつき、そして高さ十センチの明るい影が三角形の真中にしっかり立った。それは長いブロンドの髪の少女だった。彼女は三人の子供に接吻を送って踊りはじめた。三角形から一歩も出ないで数分間踊りつづけた。それから急にやめると、空をながめて、出てきたときとおなじように急速に地面に潜り込んだ。色つきの石のかわりに、三つの小さなふつうの石ころしか残っていなかった。

シトロエンは立ち上がって、柴をかき散らした。

「もう飽きた」と、彼は言った。「別の遊びだ」

ジョエルとノエルはもうまた穴を掘りはじめていた。

「きっとなにか別のものが見つかるよ」と、ノエルが言った。

その瞬間、スコップがなにかしら硬いものにぶつかった。

「大きな石だぞ」と、彼は言った。

「見せてみろ！」と、シトロエンが言った。

光る割れ目がついた美しい黄色の小石、それを彼はほんとうに見かけほどおいしいか嘗《な》めてみた。まあそうだ。土が歯のあいだできしきしいった。だが、小石のくぼみに、おなじく黄色の小さなナメクジが張りついている。彼はながめた。

「こいつはだめだ」と、シトロエンは言った。「食べることは食べられるけど、おいしかない。飛べるようになるのは青色のだ」

「青色のがいるのかい？」と、ノエルが尋ねた。

「ああ」と、シトロエンは言った。

ノエルは黄色いのを味わってみた。とても健康によさそうだ。いずれにしろ土よりはずっといい。柔らかい。ねばねばしてる。要するにおいしい。

そのあいだに、ジョエルは自分も重い石の下にシャベルの刃を差し込んだところだった。そして力をこめた。二匹の黒いナメクジ。

彼は一匹をシトロエンに差し出し、シトロエンはそれを興味を持ってながめたが、またノエルに返した。そのあいだにジョエルは自分のぶんを味わっていた。

「たいしたことないや」と、彼は言った。「まるでタピオカみたいだ」

「ああ」と、シトロエンは言った、「けど青色のやつはおいしいぞ。まるでパイナップルみたいだ」

「ほんとかい？」と、ジョエルが尋ねた。

「で、そのあと、空が飛べるんだ」と、ノエルが言った。

「すぐには飛べない」と、シトロエンが言った。「その前に働かなくちゃ」

「たぶん、はじめに働いといてもいいだろう」と、ノエルが言った。「そうしておけば、もし青色のが見つかれば、とにかくすぐに飛べるだろう」

「あっ！」と、このあいだ掘りつづけていたジョエルが言った、「真新しいきれいな種子があったぞ」

「見せろ」と、シトロエンが言った。

それはほとんどクルミの実ほどもある大きな種子だった。

「五回唾を吐きかけなくちゃ」と、シトロエンが言った、「そうすりゃ芽が出るぞ」

「確かかい？」と、ジョエルが尋ねた。

「確かだ」と、シトロエンが言った。「だが、それを新鮮な葉っぱの上におかなくちゃいけない。ジョエル、一枚探して来いよ」

種子から、薔薇色の葉をしたごく小さな木が生えた。かぼそい銀の糸のような枝のあいだで、歌うたう鳥が飛んでいた。いちばん大きな鳥はちょうどジョエルの小指の爪ぐらいの大きさだった。

11

じゅうしち月三百四十七日

おれがこのろくでもない村に引きこもりにやってきてもう六年と三日と二時間か、とジャックモールは、鏡に映った自分の姿をながめながら考えた。

彼の髭はちゅうくらいの長さを保っていた。

12

じゅうしち月三百四十八日

ジャックモールは出かけようとしているとき、廊下でクレマンチーヌとすれちがった。彼はもうほとんど彼女に会わなかった。何カ月も前から。日々はそんなにも連続的かつこっそり過ぎていったので、彼は日数の観念を失っていた。彼女はジャックモールを引きとめた。

「そんなにしてどこにいらっしゃるの？」

「いつもとおなじです」と、ジャックモールは答えた。「昔なじみのラ・グロイールに会いにいきます」

「まだ彼の精神分析をつづけていらっしゃるの？」と、クレマンチーヌは尋ねた。

「ええ……そうです」と、ジャックモールは言った。

「長いですわね」

「全的でなければなりませんから」

「あなたは頭が大きくおなりね」と、クレマンチーヌは指摘した。

彼はいくぶん身を引いた、というのは彼女がすぐ近くでしゃべっていて、その息のなかにまぎれもなく死骸の悪臭を感じたからである。

「ありうることです」と、ジャックモールは言った。「いずれにせよ、あの男の透明度はいや増すばかりなので、落ちつかないんです」

「幸福そうなご様子には見えませんもの」と、クレマンチーヌは言った。「あんまり長いあいだ一人の実験相手を追求なさりすぎたんですわ！」

「わたしの被験者はみなつぎつぎに逃げていってしまいました」と、ジャックモールは言った。「わたしはラ・グロイールしか残っていなかったもんですから、彼に襲いかからねばならなかったのです。ですがほんとうのところ、彼の精神内容は特に受け入れ側としてのわたしを喜ばしてくれるほどのものではありません」

「まだだいぶ先なんですの？」

「えっ？」

「あなたの精神分析はだいぶ進歩しまして？」

「やれやれ、まあなんとかです」と、ジャックモールは言った。「実際、わたしは微細な細部の探索に着手するであろうときが近いのを感じて不安になっています。ですが、そんなことはみんな興味がある話じゃありません。で、あなたはどうなっているのです？　もう食事にも姿を見せませんが。昼も、夜も」

「わたしは自分の部屋で食べるのです」と、クレマンチーヌは一種満足をこめた声で言った。

「はあ！　なるほど」と、ジャックモールは言った。

そしてしげしげと若い女の体の格好をながめた。

「なかなか効果が出てきてるみたいじゃないですか」とだけ言った。

「わたしはもう必要なものしか食べないんです」と、クレマンチーヌは言った。

ジャックモールは必死に会話を維持しようとしていた。

「で、精神状態のほうはいいですか？」と、平凡に尋ねた。

「なんとも言えませんわ。いいとも悪いとも」

「なにがぐあい悪いんですか？」

「ほんとうのところ、わたしはこわいんです」と、彼女は説明して言った。

「なにが？」

「子供たちのことでこわいんです。四六時中。子供たちになにが起こるかわかりません。で、わたしはそれを思い浮べるんです。ああ！　非常に単純なことです。わたしはありえないことや、馬鹿げた考えのため心配はしません。そうじゃなくて、厳密に起こりうることを並べてみただけで気が狂いそうになるのです。どうしてもそれを考えずにはいられません。もちろん、子供たちが庭の外に出て冒す危険のことは勘定にも入れてません。幸いなことに子供たちは、まだこれまでのところ外に出るなんて考えたことはありません。ですが目下のところ、わたしはそこまで考えるのはやめにしています。目がくらみそうになりますから」

「でも、お子さんたちはなにも危険を冒しちゃいませんよ」と、ジャックモールは言った。「子供は多かれ少なかれ意識的に自分たちにとって良いことを知っているものです、そして不利な立場に身を置くことはめったにしません」

「そうお思いになります？」

「確かですとも」と、ジャックモールは言った。「それがなければわれわれはこうして生きちゃいませんよ、あなたもわたしもね」

「ある程度確かですわ」と、クレマンチーヌは言った。「でも、あの子たちは他の子供とはまったくちがう子供ですもの」

「ええ、ええ」と、ジャックモールは言った。

「で、わたしはあの子たちをとても愛しています。あまり愛しているので、この家や庭であの子たちに起こりうるすべてのことを考えるのだと思います、で、そのためにもう眠れません。どれほど多くの事故が起こりうるかおわかりにならないんですわ。わたしみたいに子供を愛している母親にとって、それがどんな試練かわかってくださらなくちゃ。でも家のなかにはたくさんすることがあります、いつでもあとにくっついて見張っているわけにはいきませんし」

「じゃあ、メイドは？」

「あれは馬鹿です」と、クレマンチーヌは言った。「あれといっしょだと子供たちは一人でいるよりもっと危険です。あの娘は感受性が皆無です、それだけにわたしは子供たちをできるだけあれから遠ざけておきたいと思います。それにあの娘はまったく自分でものを決められないんです。子供たちが少しでも深くシャベルで庭に穴を掘り、石油井戸に突き当たり、石油が噴出してきて全員をおぼれさせても、どうすればいいかわからないんです。どんなにわたしがこわいか！　ああ！　それもわたしがあの子たちを愛しているからなんです！」

「まったくです」と、ジャックモールは言った。「あなたはなに一つ見落とさず予測していらっしゃいますね」

「それにまだ心配なことがあります」と、クレマンチーヌは言った。「あの子たちの教育です。村の学校にやるのかと思うと身震いしますわ。もちろん、あの子たちだけで通うなんて問題になりません。でも、わたしはあの娘についていかせるわけにはいきません。子供たちに事故が起こるでしょう。わたしが自分でいきます。よく注意すると約束してくだされば、あなたもときどきはかわりをしてください。いいえ、わたしが自分でいかなくちゃいけないと思います。いいですか、結局今のところはあの子たちの教育にそれほど気を使う必要はありません、まだとても小さいんですもの。庭を出るとどんな危険がありうるかまだ全部考えてない以上、出ていくのを見送ると思うと気が狂いそうになりますわ」

「家に家庭教師を来させれば」と、ジャックモールは言った。

「わたしもそのことはよく考えてみました」と、クレマンチーヌは言った。「でも正直に言って、わたしは焼きもちやきなんです。まったく馬鹿なことですし単純なことですけど、子供たちがわたし以外の人間になつくのを見るのは耐えられないでしょう。さて、その家庭教師がよい家庭教師ならば、子供たちは当然その人になつくでしょう。悪ければ、わたしは自分の子がそんな人の手に落ちるのを我慢できません。いずれにしろ、わたしは学校というものにもともとあまり信用をおいていません、でも少なくとも学校には先生がいます。それにひきかえ、家庭教師の問題は事実上解決不可能です」

「司祭が、かなり因習的ではありますが家庭教師の役をしてくれるでしょう……」と、ジャックモールは言った。

「わたしはあまり宗教的ではありません、子供にはそうなって欲しいと思うはずがありませんわ」

「あの司祭に任せとけばお子さんにそんなに危険はないと思いますが」と、ジャックモールは言った。「司祭は宗教についてはむしろ健全な考えを持っていますし、きっと最小限の宗教的感情を持たせるようにするでしょう」

「司祭はわざわざきてくれたりはしないでしょう」と、クレマンチーヌはぴしゃりと言った、「ですから問題はおなじです。子供たちは村にいかなくてはならないんです」

「ですがその」と、ジャックモールは言った、「よく考えてみれば、この道は自動車はけっして通りませんよ。あるいはごくわずかしか」

「そのとおりです」と、クレマンチーヌは言った。「ごくわずかしか通らないのでみんなもう気をつけません、ですから偶然一台でもやってくればそれだけ危険です。そう思ってみただけで身震いしますわ」

「あなたはまるで聖デリー（デリーは両大戦間の婦女子に愛読されたセンチメンタルなベスト・セラー作家）のような話し方をなさいますね」

「冗談はやめてください」と、クレマンチーヌは言った。「ええ、実際わたしは行きも帰りも自分でついていく以外解決法があるとは思えません。しかたがないでしょう、子供を愛しているときにはそのくらいの犠牲をはらわなくちゃなりません」

「あなたが子供に乳もやらないでほうり出して、岩のぼりにいっていたころは、それほどお子さんのことを気にしていませんでしたね」と、ジャックモールは意見を述べた。

「そんなことをしたなんて覚えてもいませんわ」と、クレマンチーヌは言った。「もししたとしても、きっと病気だったんです。いずれにしろ、そんなことをわたしにおっしゃるなんて、あなたのほうがおかしいわ。あれはアンジェルがまだいて、彼がいるだけでわたしがもう、かっとなっていたころの話でしょ。でも、今ではすっかり事情がちがいます、子供たちの教育の全責任はわたしにかかっているんですから」

「お子さんがあんまりあなたに頼りすぎるようにしてしまうことは、心配じゃないですか？」と精神科医は恥ずかしそうに言った。

「それがいちばん自然でしょう？　あの子たちはわたしにとってあらゆるもののかわりです、わたしの唯一の存在理由です。逆に子供たちのほうでも、あらゆる場合にわたしに頼る習慣がつくのは当然ですわ」

「でもまあとにかく」と、ジャックモールは言った、「わたしはあなたが危険をおおげさに考えていると思います……なぜなら今だって、危険はいたるところに見いだせるわけですからね。たとえば、ほら……どうしてお子さんたちに手洗いの紙を使わせておけるんですかね。紙でかすり傷がつくかもしれません、で、わかりませんよ、その紙の一連を包装した女が一枚目の紙で砒素の正確な分量の重さを測って、ちょいと家族を毒殺したと仮定してごらんなさい、その紙は毒が移って危険になっているかもしれない……で、お子さんの誰かがちょっとさわっただけでひっくり返るかもしれません……あなたはお子さんの尻を嘗《な》めてやるほうがよくはないですか……」

彼女はしばらくのあいだ考えていた。

「ねえ……」と、彼女は言った……「動物はちゃんと子供のためにそうしてやりますわね……たぶん、立派な母親はそうしてやらなくてはならないでしょう……」

　ジャックモールは彼女の顔を見た。

「わたしはあなたがほんとうにお子さんを愛していらっしゃると思います」と、彼は非常にまじめに言った。「で、結局のところ、今の砒素の話は、考えてみればけっして起こりえない話ではありませんわ」

「気が狂いそうになりますわ」と、彼女は悲しみに沈んで言った。

　彼女は泣きはじめた。

「どうしたらいいのかしら……どうしたらいいのかしら……」

「落ちついて」と、ジャックモールは言った、「わたしがお助けします。わたしはこれが非常に複雑な問題であることがわかったところです。確実に解決策があるでしょう。上にいってお休みなさい」

　彼女は去った。

「これは一つの情熱だな」と、ジャックモールは、歩きはじめながら独りごちた。

　彼はできれば自分も情熱を感じたかった。だが、それがないままに常に観察することはできた。

　けれども、はっきり言葉にあらわすことができないある漠然とした考えが、彼のことをからかっていた。漠然とした考え。考えが漠然と。いずれにしたところで、子供の観点を取り入れるというのはおもしろいだろう。

だが、あわてる必要はなかった。

13

じゅうすう月七日

彼らは母親の部屋の窓の前の芝生で遊んでいた。彼女はだんだん子供たちがそばを離れるのを許さなくなっていた。目下は、子供たちの動作を追ってその目を読みとろうとしながら、見守っていた。ジョエルの元気がふだんよりなさそうで、やっとグループの動きにくっついてしんがりになっていた。一瞬彼は立ち上がった、小さな半ズボンにさわった、そして兄弟たちを見た。彼らはまるでジョエルがなにか非常におかしいことを言ったかのように、その回りで踊りはじめた。ジョエルは目を拳固でこすった、泣いていた、あきらかにそうだった。

クレマンチーヌは部屋から出て、階段を降り、たちまちのうちに芝生に到着した。

「どうしたの、坊や？」

「お腹《なか》が痛い！」と、ジョエルはすすり泣いた。

「なにを食べたの？　またあの馬鹿な女があなたになにか悪いものを食べさせたのね」

ジョエルは突っ立って脚を開き、腹を引っこめて尻を突き出していた。

「ズボンのなかにしちゃったの！」と、彼はひどく悲しそうに叫んだ。

シトロエンとノエルは軽蔑した顔をした。

「やーい、赤ん坊だ！」と、シトロエンが言った。「まだズボンのなかにしちゃうなんて！」

「赤ん坊だ！」と、ノエルが言った。

「さあさあ！」と、クレマンチーヌは言った。「ジョエルをいじめないで！　ジョエルが悪いんじゃないわ。さあ、いい子、いらっしゃい、きれいなさっぱりしたズボンをはかせて、たっぷりお匙《さじ》でお薬を飲ませてあげるわね」

シトロエンとノエルは羨望と驚きとで啞然としていた。

ジョエルはすっかり元気になって、小走りにクレマンチーヌのあとについていった。

「不愉快だな」と、シトロエンは言った、「あいつはズボンのなかにしちゃったのに、お腹の薬がもらえるなんて」

「うん」と、ノエルが言った。「ぼくも欲しいな」

「力を入れて出してみる」と、シトロエンは言った。

「ぼくもだ」と、ノエルが言った。

二人は全身の力をこめて頰を紫色にして力んだ、だがなにも出てこなかった。

「だめだ」と、シトロエンは言った。「ほんのちょっぴりオシッコが出ただけだ」

「ちぇっ」と、ノエルが言った、「お薬はもらえないや。だけどジョエルの熊を隠してやろうよ」

「へえ？」と、シトロエンは、ノエルがこんな長い言葉をしゃべるのをきいてびっくりして言った。

「いい考えだ、でも、あいつが見つけられないところじゃなくちゃ」

ノエルは苦しそうに額に皺を寄せた。場所を探していたのである。インスピレーションを求めて、右左に顔を向けた。シトロエンも負けてはいなかった、熱に浮かされたように神経単位《ニューロン》を働かせていた。

「見ろよ」と、彼は言った。「あそこを！」

あそことは、メイドが高い針金に洗濯物を引っかけた広々とした空間だった。針金をささえている一本の白い柱のところに、踏み台の影が浮かんでいた。

「こいつを木の上に隠そう」と、シトロエンが言った。「キュブランの踏み台を持っていこう。早く、ジョエルが帰ってくる前に！」

二人は子供としてせいいっぱいの速度で走った。

「だけど」と、ノエルが走りながら息をはずませて言った、「ジョエルは取り返せるよ……」

「いや」と、シトロエンは言った。「わかるだろ、おれたち二人なら踏み台は持ち上がるけど、あいつ一人じゃだめさ」

「ほんとかい?」と、ノエルが尋ねた。

「見てろよ」と、シトロエンは言った。

二人は踏み台のところに着いた。遠くで見たのよりはずっと大きい。

「倒さないよう気をつけなくちゃ」と、シトロエンは言った、「そうしないと、もう立てられないぞ」

どうにかこうにか、二人はその物体を引きずってその場を去った。

「わあ、こりゃ重いや!」と、十メートルもいったところでノエルが言った。

「急げよ」と、シトロエンは言った。「ママが帰ってくるぞ」

14

「ほうら!」と、クレマンチーヌは言った。「こうすればすっかりきれいになるでしょ」

彼女は綿の切れ端を壺のなかに捨てた。ジョエルは彼女の前に後ろ向きに立っていた。

彼女はひざまずいて、ジョエルを拭いてやったところだった。彼女は躊躇した、それから言った。

「さあいい子、身をかがめなさい」

ジョエルは肘を腿につけて身をかがめた。彼女はそっと尻をつかまえて、少し左右に開き、そして嘗《な》めはじめた。注意深く。念入りに。

「ママ、なにをしてるの？」と、びっくりしてジョエルは尋ねた。

「あんたをお掃除してるのよ」と、クレマンチーヌは仕事を中断して言った。「わたしはあなたに猫の赤ちゃんや犬の赤ちゃんみたいにきれいになって欲しいの」

それは屈辱的でなどなかった。それはとても自然なことだ。あのジャックモールという男はなんて馬鹿なんだろう！　そんなことがわからないなんて。でも、これは最低のことだ。少なくともこうすれば、もう子供たちがなんの病気にもかからないという確信がもてる。わたしは子供たちを愛しているのだから、わたしのすることがなんだろうと子供に有害なはずがない。なに一つ。実際は、彼らをこうしたやり方で全身きれいにしてやるべきでさえあったろう。

彼女は立ち上がり、もの思いにふけりながら、ジョエルにまた半ズボンをはかせた。こうして新しい地平が開けた。

「さあいい子だから、みんなのところへいらっしゃい」と、彼女は言った。

ジョエルは走ってその場を去った。階段の下で、半ズボンの上から指を尻のあいだにやった、というのはいくぶん湿っていたからである。そして肩をすくめた。

クレマンチーヌはゆっくり部屋に戻った。結局のところあまりよい味とは言えなかった。ビフテキをほんの少量食べれば口が直るだろう。

こうしたやり方で、子供たちを全身きれいにしてやること。そうだ。

というのも、彼女はすでにそのことを何度も自分に言っていた、子供たちを風呂にいれてやることは非常に危険だ。一瞬の不注意。たとえばちょっと横を向く、石鹸がすべって洗面台の脚の背後の手のとどかないところに潜り込んでしまったのを拾おうとして身をかがめる。と、ちょうどそのとき、水道管にものすごい圧力がかかる、というのは突然白熱した隕石《いんせき》がタンクの真中に落ち、気が狂うような速さのため爆発しないで本管のなかにみごと潜り込んだからだ。だがいったん引っかかって止まると、隕石は導管の水を蒸発させはじめ、衝撃波（衝撃波ってのは美しい言葉だ）がすごいスピードで伝播し、で、もちろん前よりもはるかに多量の水が流れ、こうして石鹸を拾おうとして身をかがめているあいだに――だいたいが、あんな格好の石鹸を売るってのがよくない、卵形ですべりやすく、ほんのちょっとしたことで手から逃げてしまい、どこかに消えてなくなり、水のなかに落とした場合だって子供の鼻のなかに黴菌《ばいきん》を送り込む可能性がある。ところが今水がどっと押し寄せてくる、で水位が上がる、子供は狂ったようになる、水を飲み込む、喉がつまる――死ぬかもしれない――かわいそうに顔が紫色だ――窒息……

彼女は湿った額を拭き、なにも取らずに衣装戸棚の戸をしめた。子供のベッド。ベッド、すぐに。

15

いくぶん腹を立てて、ジョエルは兄弟たちのところへ戻った。彼らはシャベルを手にして穴を掘っていて、べつになんにも言わなかった。

「また青色のが見つかると思うかい？」と、ノエルがシトロエンに尋ねた。

ジョエルは興味を持って、顔を起こした。

「いいや」と、シトロエンが言った。「言ったろ、あれはとってもまれなんだ。五億に一つしか見つからないさ」

「冗談だな」と、ジョエルは結論をくだし、憤慨してまた仕事にかかった。

「あれが石を食べちゃって残念だな」と、シトロエンが言った。「そうでなけりゃ、おれたちだってたぶんいまごろは空を飛んでたのにな」

「幸いにも、あれは彼のさ」と、ノエルが言った。「ぼくだったら自分のがいなくなっちゃったら悲しいけどな」

ノエルは見せつけるように自分の縫いぐるみの熊を抱きしめた。

「ぼくのデュミュゾ！」と、彼はやさしく言った。

ジョエルは頑固に目を伏せて、小さな砂利の鉱脈を激しくつついていた。

熊のことを遠回しに言われて彼は心臓が爆発した。自分のはどこにいる？　頭は上げたくなかった、だが目のほうがどうも少しばかりチクチクやり出した。

「うれしそうな顔してないぜ」と、ノエルがからかった。

「薬はうまくなかったのか？」と、シトロエンが皮肉に尋ねた。

ジョエルは返事をしなかった。

「あいつはまだ変な臭いがするぜ。ポワロガルが逃げちゃったのもあたりまえさ」

ジョエルは返事をすれば声が震えるのを知っていた、だから返事をしたくなかった。自分のしていることがよく見えなくなってきた、だんだん目が霞んできた、だがじっと小石に精神を集中した。そして突然、熊を忘れ、兄弟たちを忘れ、自分を取り囲んでいるいっさいのものを忘れた。

世にも純粋なコバルト色のすばらしいナメクジが、静かに、彼の作業場の底に重なっている小石の一つの上を這っていた。息を止めて、彼はナメクジをながめた。震える手でやさしくそれを捕え、つつましい手つきで口に持っていった。兄弟たちのからかいも、もはや陽気な霧を通してしかきこえなかった。

　彼は青いナメクジをぱっくり飲み込み、そして立ち上がった。

「おまえたちが熊を隠したことぐらいちゃんと知ってるぞ」と、確信に満ちた調子で言った。

「とんでもない」と、シトロエンが言った。「あれはひとりで高いところに上がっちゃったのさ、すごくいやな臭いのするパパといっしょにいるのはいやなんでね」

「そんなことはどうだっていい。ぼくはあれを捜しにいくぞ」

　彼はたちまちのうちに木から何メートルかのところにある踏み台を、そして木自体を捜しあてた――その上では二本の枝のあいだに快適に居を定めて、ポワロガルがしごく落ちついてヨーロッパアオゲラと話をしていた。

　いまやジョエルは飛ばなければならなかった。彼は決意して両腕を広げ、手を動かした。シトロエンが前にそうしろと言ったのである。

　彼の踵がノエルの鼻すれすれに通過していったとき、ノエルはシトロエンの腕をつかんだ。

「あいつは一個みつけたんだ……」と、彼はささやいた。

「いいさ」と、シトロエンは言った。「な、おれの言ったことは正しかったろ」

　ヨーロッパアオゲラはジョエルがやってくるのを見ても動かなかった、そしてジョエルは熊のそばに快適に身を落ち着けて兄弟たちを呼んだ。

「どうだ、来ないかい？」と、からかうように言った。

「いいや、そんなのおもしろかないや」と、シトロエンが言った。「どうだい？」と彼はヨーロッパアオゲラに聞いた。

「とってもおもしろいです」と、ヨーロッパアオゲラは認めた。「でも、青色のナメクジは、アイリスの茂みにいっぱいいますよ」

「ちぇっ、そんなのどっちみち見つかってたさ」と、シトロエンは言った。「それにいくらだって絵の具で青色に塗れるしな……」

彼はノエルをあとに従えてアイリスの茂みのほうに向かった。ジョエルは二人を途中でつかまえた。ポワロガルは枝の二股《ふたまた》のところに残してきていた。

「たくさん食べようよ」と、彼は言った。「そうすればきっととても高く飛べるよ」

「一匹でたくさんだ」と、シトロエンは言った。

表へ出たクレマンチーヌは、芝生の上に踏み台を見つけた。彼女は走っていって、子細にながめた。木を見た。そして木の上の快適に寝そべったポワロガルを。

手を心臓に当てて、大声に子供たちを呼びながら、彼女は庭に飛んでいった。

16

じゅうすう月八日

「まあ、あなたがまちがってるとはあえて申しませんが」と、ジャックモールは言った。「でも、なにもあわてることはないですよ」

「それが唯一の解決です」と、クレマンチーヌは言った。「そりゃいくらでも問題を勝手にいろいろ考えられますわよ。でもあれは、あの木がなかったら起こらなかったんです」

「むしろ踏み台がいけなかったんじゃないですかね」と、ジャックモールは言ってみた。

「もちろん、あの娘《こ》は絶対にあんな踏み台をおっぽりだしておくべきじゃありませんでした、それは別の問題です。あの娘《こ》は当然の罰を受けるでしょう。ですが、木がなければ、シトロエンとノエルはけっしてジョエルの手のとどかないところに熊を置こうなんて考えは起こさなかったことは、よくおわかりでしょ？　あの木がすべての原因です。それにかわいそうにあの子は、熊を捜しに直接木によじ登ろうとさえしたかもしれないことを考えてください」

「ですが」ジャックモールは言った、「木登りは子供たちによいと言う人もいますよ」

「わたしの子供はちがいます！」と、クレマンチーヌは言った。「それに木があるといろいろなことが起こる可能性があります。ほんと、わかりませんわ。白蟻が根を齧《かじ》っていて、突然木が頭上に倒れてくる、あるいは枯れ枝が折れて落ちてきて打ちのめす、木に雷が落ちて火がつき、風で火が燃え上がって、火の粉が子供たちの部屋まで運ばれていき、それで子供たちが焼け死ぬ！……ええ、庭に木を残しておくのはあまりにも危険です。ですから、あなたは村へいって、男たちに木をみんな切り倒しにくるよう頼んでくださいません。半分は持っていってもらってけっこうです。残りを暖房用にとっておきますから」

「男たちってどこの？」と、ジャックモールは尋ねた。

「さあ、知るもんですか、枝はらいの職人でも、樵《きこり》でも……そう、樵《きこり》です。樵《きこり》を何人かよこすように言ってくださいい。そんなにむずかしいですか？」

「いや、いや」と、ジャックモールは言った。「いってきます。なにごともなおざりにしてはいけませんからね」

彼は立ち上がった。そして出かけた。

17

午後、男たちが到着した。彼らは無数の鉄の道具、針、鉤《かぎ》、焜炉《こんろ》を持っていた。ジャックモールは彼らがはいってくるのを見た。彼は散歩の帰りだった、で立ち止まった、そして男たちを通すためわきに寄った。彼らは五人だった。そのうえ二人の小僧を連れてきていた――一人は十歳ぐらいで、ひ弱そうで、くる病にかかっていて、もう一人は少し年上で、左の目に黒い眼帯をかけ、片脚が滑稽にねじれていた。

　男たちの一人がジャックモールに合図した。ジャックモールが作業料金の交渉をしてきたのはその男だった。二人は最終的にはクレマンチーヌが提案した巧い方式を採用することで妥結した。木の半分を樵《きこり》に、半分を家に。もし彼女が木を切ったり、かたづけたりすることを望めば、挽《ひ》き割りの費用は別勘定とする。

　ジャックモールは胸がしめつけられた。思い出を持たず成年で生まれた人間にふさわしく、彼は木々に感傷的価値を認めることはないまでも、おそらくは機能的なその美のために、そして無秩序な一様性のゆえに評価していた。木々に話しかけたり、頌歌《オード》（『若きパルク』などヴァレリーの詩が名高い）を捧げたりする必要を感じないまでに彼らを親しく感じていた。でも、彼はニスを塗ったような葉の表の陽光の混乱した反射、光と葉で切断された影のパズル、暑い一日のあとの晩の、枝のかすかな生きた響きや気化の香りを愛していた。竜血樹の尖った舌、ずんぐりした太い棕櫚の積み重なった幹、そしてまるであまりに速く成長しすぎたぎごちない成熟した娘――母親の香水を一瓶《ひとびん》頭にふりかけたあとで、緑青《ろくしょう》の生えた銅製の装身具でぶざまに身を飾っている娘たちのような、なめらかで新鮮なユーカリ樹の四肢を愛していた。見かけは厳めしいが、ちょっとでもくすぐれば香り高い松脂《まつやに》の精液を放出しそうな松の木を賛美していた、そしてまた頑健で、毛を逆立てた大きな犬のように格好が悪い樫の木を愛していた。あらゆる木を。あらゆる木が個性を、習性を、固有の奇癖を持っていた、だがみんながみんな感じがよかった。だがしかしクレマンチーヌの驚くべき母性愛は、木々を犠牲にすることを正当化していたのである。

男たちは芝生の真中で立ち止まった、そして道具をおろした。それからなかの二人がツルハシを手にして穴を掘りはじめ、一方小僧たちは身長よりも長い大きな土方用スコップをつかんで、砕かれた土を取り除いた。溝は急速に広がった。ジャックモールは今きた方向に引き返し、この作業を慎重に見守っていた。小僧たちは溝の縁に土を積み重ね、部厚く低い壁になるように勢いよく踏み固めていた。

労働者たちは溝が充分に深くなったと判断すると、ツルハシで掘るのをやめて溝の外に出た。彼らはゆっくりした動作をし、褐色で泥まみれの衣服のせいで子を地中に埋めている大きな甲虫に似ていた。一方、小僧たちは土を除きつづけていた。そしてまた、熱狂的に汗を流しながら土を積み上げるのを。小僧はめいめい激励のためという名目で、定期的に平手打ちをくらった。そのあいだに格子の門のほうにいっていた三人の別の土方が、小型の手押し車を引っぱって戻ってきたが、その台の上には一メートルほどの長さの丸太が山積みされていた。彼らはその粗末な車を溝のすぐそばに止めた。それから丸太を、小僧たちが準備したばかりの踏み固められた土の台の上に渡して並べはじめた。彼らはそれを念入りに、くっつけて、全体を押し詰めるためそれぞれの端を強く大槌《おおづち》でたたきながら並べた。遮蔽《しゃへい》が完成すると、今度は自分がスコップをにぎり、丸太を土でおおいはじめた。ジャックモールは小僧の一人に合い図をした、そこで小僧は近づいてきた。

「連中はなにをしてるんだ？」と、ジャックモールは嫌悪を感じながらも、脛骨《けいこつ》に足蹴《あしげ》をくわせながら尋ねた。

「待避壕です」と、小僧は言って、顔をなぐられるのを避け、走って仲間のところへ帰っていった。仲間は仕事の分担上、彼を忘れてはくれなかった。

その日は太陽が出ていなかった、そして鉛色の空は青白い不快な輝きで光っていた。ジャックモールはいくぶん寒気がした、だが見ていたかった。

待避壕は完成したように思われた。五人の男はつぎつぎに、溝の一方の端に設けられたゆるい坂を降りた。五人ともなかにはいれた。小僧たちはあとにつづこうともしなかった――この種の試みの結果がどうなるかあらかじめ知っていたからである。

男たちがまた出てきた。道具の山のなかから、鉤《かぎ》と長い針を抜き出した。二人の小僧が焜炉のまわりで働いて、全力をこめて燠《おき》を吹いていた。組頭の指揮のもとに、小僧たちはあわてて灼熱した鉄板の重い容器を持ち上げ、第一の木の方向めざして男たちのあとを追った。だんだんとジャックモールは不安になってきた。それは淫らな種馬が門に磔《はりつけ》になった日のことを思い出させた。

十メートルばかりの高いナツメヤシの根元に、一同は第一の焜炉をおいて、めいめいがそこに道具の一つを突っ込んだ。第二の焜炉はおなじように、隣のユーカリ樹のそばに据えられた。小僧たちは今度は大きな革製のふいごを使い、その上に両足をそろえて、とび乗って火をおこしはじめた。そうするあいだに、組頭は耳を慎重にナツメヤシの幹にあちこち押しつけていた。突然、彼は停止した、そして、樹皮に赤いマークをつけた。四人の樵《きこり》のうちでいちばんずんぐりした男が、火から鉤《かぎ》を引き出した。それは本物の鉤と言うより鏃《やじり》であり、鋭利な針で、明るい赤色の髭が、重苦しい空気のなかで煙を上げていた。決然とした動作で、男は身をこわばらせ、おどりかかって、なめらかな幹のちょうど赤いマークの真中に銛《もり》を打ち込んだ。すでに小僧たちは走りながら焜炉を持ってきていた、そして、すでに男の同僚がユーカリ樹にもおなじ動作を繰り返していた。それから二人の銛撃ちは、全速力で走って待避壕にもどり、姿を消した。小僧たちは入り口の焜炉の近くに折り重なった。

ナツメヤシの葉の茂みが震え出した——最初は気づかないほど、ついでもっと激しく、そしてジャックモールは歯をくいしばった。悲鳴が湧き起こった、それがあまりに鋭く激しかったので、彼はもうちょっとで耳をふさぎそうになった。ナツメヤシの幹が揺らいだ、そしてその震動のたびごとに叫びのリズムは速まった。ナツメヤシの根元の大地が割れて口を開けた。ありえない音調が大気に穴をあけ、鼓膜を引き裂き、庭じゅうに鳴り響いて、低い雲の天井に反射するかのようだった。株は一気に地面から引き離され、長い湾曲した幹が待避壕の方角に倒れた。いまやそれは地面の上で跳ね、踊り、依然としてあの耐えがたい絶叫を発しながら、少しずつ溝に近づいてきた。数秒後にジャックモールは二度目に大地が震えるのを感じた。今度はユーカリ樹が倒れつつあった。ユーカリ樹は叫ばなかった。狂った鍛冶屋のふいごのようにあえぎ、銀色の枝がまわりをのたうち回り、溝に近づこうとして深く土を掘っていた。そのとき、ナツメヤシは天井の丸太の端までできた、そして震えながら大きく収縮して天井をたたきはじめた。だがすでに絶叫は力が弱まり、リズムがしだいに遅くなった。もっとか弱いユーカリ樹のほうが先に止まり、短剣の刃のような葉だけがまだわずかにうごめいていた。男たちは溝から出た。ナツメヤシは最後の力で飛びかかった。だが、ねらわれた男は身軽にわきにとんで、激しい斧の一撃を浴びせた。すべてが沈黙した。長い戦慄のみがなおも灰色の柱をつたわっていた。まだそれが終わらないうちに、樵《きこり》たちは隣の木のほうに歩き出していた。

ジャックモールは足を大地に釘づけにされ、頭が狂いだして鳴り響くままに、じっと男たちを見つめていた。銛《もり》が三度目に柔らかい木に撃ち込まれるのを見たとき、もう耐えられなくて、そちらに背を向け、断崖のほうに逃げ出した。彼は走った、走った、そして回りの大気は怒りの咆哮と虐殺の苦痛に震えていた。

18

じゅうすう月十一日

もはや静寂のみしかなかった。木々はすべて根を宙に上げて地面に横たわり、あたかも内部爆発のあとのように、大地には無数の巨大な穴があいていた。空《から》で、乾いて、もの悲しい大きな膿瘍。五人の男はすでに村に帰り、二人の小僧が死骸を薪に挽《ひ》き割りし、できたものをかたづけなければならなかった。

ジャックモールは災害の跡をながめていた。わずかにいくつかの小灌木の林と低い茂みばかりが残っていた。急に奇妙にむき出しになった影のない空と彼の目のあいだには、もうなにものもなかった。右手のほうでは、鉈鎌《なたがま》をふるう音がきこえた。二人のうちで若いほうの小僧が、両側に柄のついた柔らかい縦挽鋸《たてびきのこ》を引きずって通りすぎた。

ジャックモールはため息をついて家に戻った。また階段をのぼった。二階で子供部屋のほうに足を向けた。クレマンチーヌはすわって、子供たちの相手をしながら編み物をしていた。部屋の奥ではノエルとジョエルとシトロエンが、ボンボンをしゃぶりながら絵本を読んでいた。ボンボンの袋が三人の真中にあった。

ジャックモールはなかにはいった。

「終わりました」と、彼は言った。「みんな切り倒されました」

「ああ！　けっこうですわ」と、クレマンチーヌは言った。「これでわたしもずっと安心できます」

「あなたの反応はそれだけですか」と、ジャックモールは言った。「あんな音がしたのに？」

「わたしはほとんど注意していませんでした。木が倒れるとき音がするのはあたりまえだと思いますけど」

「もちろんですね……」と、ジャックモールは言った。

彼は子供たちを見た。

「子供たちの番をしているんですか？　お子さんたちもうこれで三日も外に出ていませんよ。もうなにも危険はないじゃないですか！」

「男たちはもう仕事をしていませんこと？」と、クレマンチーヌは聞いた。

「まだ木を挽《ひ》き割りしなくちゃなりません。ですが、もしあなたがお子さんたちのために心配していらっしゃるんだったら、わたしが見張りをします。少しばかり外の空気を吸わせなければいけないでしょうから」

「そうだよ！」と、シトロエンが言った。「散歩に連れてって！」

「いこうよ！」と、ノエルが言った。

「よく気をつけてくださいね！」と、クレマンチーヌが注意した。「一瞬も目を放さないように。あなたが見張りを怠っているかと思うと、心配で死にそうになりますわ」

ジャックモールは部屋を出た。チビたちは彼の前ではね回っていた。彼らは四人とも走って階段を降りた。

「子供たちが穴に落ちないように気をつけて！」と、またもクレマンチーヌが叫んだ。

「それから道具で遊ばせないように」

「はい！　はい！」と、ジャックモールは大きくもなく小さくもない声で言った。

外に出たとたん、ノエルとジョエルは鉈鎌の音がきこえてくる場所めがけて全速力で走った。ジャックモールはシトロエンを連れて、急がずあとにつづいた。

若いほうの小僧——十歳ぐらいの年ごろの小僧が、松の木の枝をおろしていた。鉈鎌の鋼《はがね》が上がっては落ち、たたくたびに細かい木端《こっぱ》が飛び散り、松脂《まつやに》のきしめくような香気が空気を浸していた。ジョエルはぐあいのよい観察の場所を選び、魅せられたように立ち止まった。ノエルはいくぶんあとにさがって、そのわきにいた。

「なんて名だい？」と、ノエルは一瞬間をおいて尋ねた。

小僧はあわれな顔を上げた。

「知らないや」と、彼は言った。「たぶんジャンだ」

「ジャン」と、ノエルは繰り返した。

「ぼくはジョエルって言うんだ」と、ジョエルが言った。「で、ぼくの兄弟はノエルと言うんだ」

ジャンは返事をしなかった。鉈鎌はあいかわらず悲しい規則正しさで振り降ろされた。

「ジャン、きみはなにしてるんだい？」と、そこに着いたシトロエンが尋ねた。

「こういうことさ」と、ジャンは言った。

ノエルは木端を一つ拾って、臭いを嗅いだ。

「きっとおもしろいだろうな」と、彼は言った。「いつもこんなことをしてるのかい？」

「いや」と、ジャンは言った。

「見ろよ」と、シトロエンが言った。「きみはこんなに遠く唾が飛ばせるかい？」

ジャンは気がなくながめた。一メートル五十センチ。ジャンは自分もやってみて、ほとんど二倍の距離を飛ばした。

「わー！」と、ノエルが言った。

シトロエンは真剣に感心していた。

「きみはものすごく遠く唾を飛ばすね」と、彼は尊敬をこめて言った。

「おれの兄貴は四倍も遠く飛ばすよ」と、ジャンはほとんど家でほめられた経験がなく、こんな気恥ずかしいほめ言葉をもっとそれに値する人物に向けようとつとめながら言った。

「じゃあ、兄さんもこんなにものすごく飛ばすんだね！」と、シトロエンは言った。

枝はもう何本かの細い繊維でつながっているだけだった。つぎの一撃で枝は離れた、そして細枝の弾力のせいで突然突っ立ち、脇のほうに投げ倒された。ジャンはそれを手ではらった。

「気をつけて！」と、ジャンは言った。

「きみは強いんだね！」と、ノエルが言った。

「いや、こんなのなんでもないさ」と、ジャンは言った。「おれの兄貴はもっと強いよ」

とは言うものの、彼は一種のはりきりを見せてつぎの枝に襲いかかった、そして非常に大きな破片を飛ばした。

「見てみろよ」と、シトロエンがジョエルに言った。

「ほとんど一撃で切っちゃいそうだぜ」と、ノエルは言った。

「うん」と、シトロエンは言った。

「ほとんどだね」と、ノエルがより正確に言った。「完全に一撃ってわけにはいかないけどね」

「やろうと思えば一撃で切れるさ」と、ジャンが言った。

「そう思うね」と、シトロエンが言った。「きみは今までに一撃で木を切ったことがあるかい？」

「兄貴はやったよ」と、ジャンは言った。「本物の一本の木を」

彼はあきらかに興奮していた。

「きみは村に住んでるのかい？」と、シトロエンが尋ねた。

「ああ」

「ぼくらの家には庭がある」と、シトロエンは言った。「おもしろいよ。で、村にはきみぐらい強い子がほかにもいるのかい？」

ジャンは躊躇した、だが正直さがまさった。

「いるとも。山ほど！」

「でもきみは」と、ノエルが言った。「きみは少なくとも九歳だろ？」

「十歳さ」と、ジャンは訂正した。

「きみは、ぼくも十歳になったら木が切れると思うかい？」

「どうかな」と、ジャンは言った。「やり方を知らなくちゃかなりむずかしいんだ」

「そいつを貸してくれるかい？」と、シトロエンが言った。

「なにを？　この鉈鎌《なたがま》かい？」

「うん、きみの鉈鎌だ」と、シトロエンはこの言葉に深い喜びを感じながら言った。

「やってみろよ」と、ジャンは寛大に言った。「だけど、こいつは重いんだぜ」

シトロエンはそれをうやうやしく持ち上げた。ジャンはその合い間を利用して両手にたっぷり唾を吐きかけた。それを見てシトロエンは、一種の困惑を感じながら鉈鎌を返した。

「なぜ手に唾を吐くんだい？」と、ノエルが尋ねた。

「みんながそうするからさ」と、ジャンは言った。「手が強くなるんだ」

「ぼくも手が強くなると思うかい？」と、シトロエンが尋ねた。「たぶん木みたいに硬くなるかな！……」

「どうかな」と、ジャンは言った。

彼はまた仕事にかかった。

「きみはもうナメクジを見つけるため、きみの家の庭に穴を掘ったかい？」と、シトロエンが尋ねた。

ジャンは質問の意味をよく考えてみながら洟《はな》をすすった、そしてまさしく驚くべき距離までみごとな緑色のかたまりを吐き出した。

「わあ！」と、ノエルが言った、「見たか？」

「うん」と、シトロエンが言った。

興味をもって、二人は地面にすわった。

「おれの兄貴はもう死人の骨を見つけたよ」と、ジャンは言った。「穴を掘っててな」

子供たちは彼の言葉をきいていた、だが無感動に。ジャックモールは立ったまま、この奇妙な四人組をながめていた。彼はいくぶん当惑していた。

19

じゅうすう月二十七日

彼は飛び上がって目を覚ました。誰かがドアをたたいていた。答える暇もなく、クレマンチーヌがはいってきた。

「今日は」と、彼女はぼんやりした様子で言った。

彼女は完全に狂乱状態にあるように見えた。

「どうしたんですか？」と、ジャックモールは好奇心をもって尋ねた。

「なんにも！」と、クレマンチーヌは言った。「馬鹿げてますわ。悪い夢を見たんです」

「また事故ですか？」

「いいえ。あの子たちが庭を出ていったんです。そのことがつきまとって離れません」

「戻ってお休みなさい」と、ジャックモールはベッドにすわりながら言った。「わたしが引き受けましょう」

「なにを？」

「ご心配なく」

彼女はいくらか落ちついたように見えた。

「子供たちの安全のためになにかしてくださるとおっしゃるの？」

「ええ」と、ジャックモールは言った。

いつもおなじ漠然とした考え。だが今度は、その考えが一つの明確な行動を示唆していた。

「戻ってお休みなさい」と、彼は繰り返した。「わたしは服を着ます。事がかたづいたらすぐあなたに会いにいきます。お子さんたちはもう起きたんでしょ？」

「子供たちは庭にいます」と、クレマンチーヌは言った。

彼女は出ていき、またドアをとじた。

20

「そうじゃないよ。こうだよ」と、シトロエンは言った。

彼は草の上に腹ばいになった、そしてかすかに手と足を動かして、三十センチほど地面から浮き上がった。それから一気に前方に進み、十センチ先でみごとな宙返りを演じた。

「高すぎないようにに」と、ノエルが注意した。「茂みを越えちゃだめだぜ。見られちゃうから」

今度はジョエルがやってみた、だが輪の頂上のところで止まり、あと戻りした。

「人がくる!」と、彼は地面に戻るやいなや小声でささやいた。

「誰だ?」と、シトロエンが尋ねた。

「ジャックモール叔父さんだ」

「石ころ遊びをしてよう」と、シトロエンが命じた。

彼らは三人とも手にシャベルを持ってすわった。予想どおり、数分してジャックモールがあらわれた。

「今日は、ジャックモール叔父さん」と、シトロエンが言った。

「今日は、叔父さん」と、ジョエルが言った。

「今日は」と、ノエルが言った。「ぼくらといっしょにすわってよ」

「わたしはおしゃべりをしにきたんだよ」と、ジャックモールは席をしめながら言った。

「叔父さんになにを話せばいいの?」と、シトロエンが言った。

「やれやれ」と、ジャックモールは言った、「いろいろなことさ。きみらはなにをしてたんだね?」

「小石を捜してるんだ」と、シトロエンが言った。

「そいつはとってもおもしろいね」と、ジャックモールは言った。

「とってもおもしろいよ」と、ノエルが言った。「毎日そうやって遊ぶんだ」

「昨日村へいく途中、叔父さんは道ですごくきれいな石を見つけたんだがね」と、ジャックモールは言った、「でももちろん、きみらにそれを持ってきてやるわけにはいかなかった」

「ああ、かまわないよ」と、ジョエルが言った、「ここにたくさんあるもの」

「そうだね」と、ジャックモールは認めた。

しばらく沈黙があった。

「道にはまだ他にもいっぱいいろいろなものがあるよ」と、ジャックモールはごくなんでもなく言った。

「うん」と、シトロエンは言った。「ほんと、いたるところにいっぱいものがある。門の格子越しに見えるよ。曲がり角のところまでずっと道が見えるんだ」

「ああ、なるほど」と、ジャックモールは言った、「だが曲がり角より先は？」

「ああ、曲がり角の先かい」と、シトロエンは言った、「おんなじことだろ」

「もう少し先に村がある」と、ジャックモールは言った。

「ジャンみたいな男の子がいる村ね」と、シトロエンは言った。

「ああ」

シトロエンはかなりうんざりしたように見えた。

「あいつは手のなかに唾を吐くんだ」と、彼は言った。

「彼は働いてるからさ」と、ジャックモールは言った。

「働いてる人はみんな手に唾を吐くの？」

「もちろんだよ」と、ジャックモールは答えた。「なまけ心を消すためさ」

「で、彼らは遊ぶの？　村の子供たちは」と、ジョエルが尋ねた。

「彼らは遊びの時間にはいっしょに遊ぶ。だがおもに働いてる、さもないとぶたれるからね」

「ぼくらはいつだっていっしょに遊んでるよ」と、シトロエンが言った。

「それからまたミサがある」と、ジャックモールは言った。

「ミサってなあに？」と、ノエルが尋ねた。

「うんその、そいつはおおぜいの人が一つの広間に集まるんだ、大きな広間に、それから刺繡をしたきれいな服を着た司祭さんがいて、司祭さんは人びとに語る、そこでみんなはその面《つら》に小石をくらわしてやるんだ」

「叔父さんは下品な言葉を使うんだね」と、ジョエルが言った。

「それだけ？」と、シトロエンが尋ねた。

「ときによる」と、ジャックモールは言った。「たとえば昨日の午後は、司祭さんはとてもすてきな見せ物を催した。舞台の上でボクシングのグローブをはめて聖具室係と闘った、二人はなぐり合った、しまいには広間のなかの全員が闘った」

「叔父さんも？」

「もちろんさ」

「舞台ってなあに？」と、ジョエルが質問した。

「それはみんなから見えるように高く持ち上げられた一種の床だ。人びとがぐるりと回りの椅子にすわってる」

シトロエンは考え込んでいた。

「村では闘う以外になにかほかのこともしてるの？」と、彼はかなり興味を持って尋ねた。

ジャックモールは迷っている様子だった。

「まったくのところしてないね、結局は」

「だったら、庭のなかにいるほうがずっといいと思うな」と、シトロエンは言った。

ジャックモールはもはや躊躇しなかった。

「結局、きみらはもう外へ出たいとは思わないんだね？」

「全然」と、シトロエンは言った。「ぼくらはもう外にいるよ。それに闘いなんかしないよ。他にすることがあるもの」

「なんだい？」と、ジャックモールは尋ねた。

「うんその……」

シトロエンは兄弟たちを見た。

「小石を捜すのさ」と、彼は結論して言った。

子供たちは、あきらかにジャックモールがいることはむしろわずらわしいという態度を示しながら、また穴を掘りはじめた。ジャックモールは立ち上がった。

「もう木がないってことはいやな気がしないかい」と、ジャックモールは彼らと別れる前にきいた。

「ああ、あれはきれいだったね」と、シトロエンは言った、「でもまた生えてくるよ」

「木登りするためにかい？」

シトロエンはなにも言わなかった。ノエルがかわって答えた。

「木登りだなんて、もうぼくらの年ごろの子供がやることじゃないよ」

ジャックモールは面くらって、あとも振り返らずに立ち去った。もし彼が振り向いていたら、三つの小さな影が一気に空まで飛び上がり、雲の背後に隠れて心いくまで笑おうとするのが見えただろう。大人たちの質問というものは、ほんとうに馬鹿げている。

21

じゅうすう月二十八日

ジャックモールは大股に、背をかがめ、髭をすぼめ、じっと下を見つめて帰ってきた。彼は今では暗く沈んだ様子で、自分を相関的にみて、非常に物質的としか感じなかった。すでに会合は進捗し、回数を増していた。きっとそれももうほとんど行なわれなくなるだろう。不安になってジャックモールは考えるのだった。いったいこれはどういうふうに終わるのか？　なにをやり、なにを言い、ラ・グロイールからすべてを引き出してみたところでむだだった。精神的には、これ以上なにもうるところはなかった。生きているうちから、自己固有の思い出と体験しかもっていなかった。ラ・グロイールのそれを取り込むことに成功していなかった。

よし、よしと彼は自分に言った。一年は終わりに近づいているとは言え、自然は生き生きとして美しい。海に浸された気候よりおれが好きなじゅうすう月《オクターンブル》、馥郁《ふくいく》として熟したじゅうすう月——その黒くて硬い木々の葉、赤い刺のある木苺《きいちご》、そしてまた空のほとりでうごめき、のびをするすべての雲、古い蜜のような色をした藁ぶきの家、そうしたすべてはほんとうにすばらしく美しい——大地は柔らかく褐色で暖かい、こうしたすべてが急速に沈下しようとしていると心配するなんて、なんて狂っているのだろう。ああ、なんとこの道は長いのか！

南へ向かって旅だつにちがいないマリエット鳥の飛行する音のせいで、ジャックモールは目を上げた。和音で鳴くまったく変な癖。先頭の鳥たちが低音を出し、真中の鳥たちが主音を、他の鳥たちがおなじく属音《ドミナント》と導音とをわかれて鳴き、なかにはもっと微妙な、すなわち半音ずらして装飾的な音を鳴くような冒険をする鳥もあった。全員が一斉に、だが不規則な合い間をおいて、鳴きはじめたりやめたりした。

マリエット鳥の習性だ、とジャックモールは考えた。誰がそれを研究するだろう？　記述できるだろう？　一冊の大きな本——最高の動物画家たちが豊かに鑿《のみ》をふるった色刷りの銅版の挿絵入りの、アート紙の本が必要だろう。マリエット、マリエット、どうしてみんながおまえたちの習性を深く研究しないのか！　だが飽きてしまったのか、誰か一匹でもおまえたちをつかまえた者がいるだろうか——煤色《すすいろ》をして、胸前《むなさき》が赤く、月のような目をして、ハツカネズミのような軽い声で鳴くマリエット。ちょっとでも人が手で触ることが不可能な羽根に指をあてたとたん死んでしまうマリエット——人があまり長いあいだながめたり、ながめながら笑ったり、背をむけたり、帽子を脱いだり、夜がくるのがおそくなったり、あまり早く晩になりすぎたり、そうしたちょっとした原因があれば死んでしまうマリエット。体内で、他の動物たちが平凡な器官を宿している場所全体を心臓が占めている、繊細でやさしい鳥マリエット。

たぶん他の人間はおれが見ているみたいにマリエットを見はしないだろう、とジャックモールは考えた。このおれだって完全に自分が言うみたいにはマリエットを見ていないだろう、だが、いずれにせよ一つだけ確実なことがある、それはたとえマリエットが見えなくても、見ているふりをしなければならないということだ。その上、彼らは実にはっきり見えるので、見逃すことは滑稽だろう。

　おれはだんだんはっきり道が見えなくなる、これは確かなことだ。というのはおれが道を知りすぎているからだ。ところが、われわれはとりわけよく知っているものを美しいと思うと人は言う。たぶん、おれはちがうのかな。さもなければ、たぶんそうした親近性は、おれにその場所に別なものを見る自由を残しておいてくれるからだろう。つまり、マリエットを見ることだ。だからつぎのように訂正しよう。われわれはその場に見たいと思うものを見させてくれるほど無関心なものを、美しいと思う。こんなふうに一人称複数で言うのはまちがいかな。単数に改めよう——わたしは思う……（上記参照）。

　おや、おや、おれは突然奇妙にも深遠で洗練されてきたぞ、とジャックモールは自分に言った。誰が信じる、どうだい、誰が信じる？　おまけに、この最終的定義は異常な良識を示しているな。そして良識以上に詩的なものはないんだ。

　マリエットたちはまったく思いがけない瞬間に折り返し、空に優雅な図形を描きながら行きつ戻りつしていた——そしてその図形のうちに、網膜にいつまでも残るイメージの印象のせいで、デカルトのトリフォリオム（トリフォリオムは「白つめくさ属」。それをデカルト発見の「デカルトのフォリオム＝自閉線」にかける）や、その他心臓曲線《カージオイド》と名づけられるやさしい曲線を含めて、さまざまな曲線の戯れを認めることが可能であったろう。

ジャックモールはずっとマリエットたちをながめつづけていた。彼らはしだいに高く飛び、広大な螺旋を描いて、もはやはっきり輪郭がわからぬまで高くのぼっていった。今ではそれは気まぐれな秩序に配列され、集団的生命によって活気づけられたただの黒い点になっていた。鳥たちが太陽の前を横切るとき、彼は目がくらんでまたたいた。

突然、海の方向に、もう少し大きく、あんまり速く飛んでいるので種類はわからぬ三羽の鳥が見えた。彼は手をかざして、印象をもっとはっきりさせようとした。だが三羽の空飛ぶ動物はすでに過ぎ去っていってしまった。それがまた遠くの岩のかたまりの背後にあらわれるのが見えた――きびしいカーブを描き、たえず恐ろしい飛行ぶりをくずさずに、つぎつぎと空の方向に突っ込んでいくのが。その翼は非常な速さではばたいているにちがいなかった、だからジャックモールはその鳥がなんだか言うことはできなかった――それは長く伸びた流線型の、ほとんど一本につながった三つの影だった。

三羽の鳥は、マリエットめがけて編隊を組んで急降下していった。ジャックモールは足を止めてながめた。心臓がいくぶん速く鳴りはじめた――説明のつかない感動。たぶん新米の鳥たちの余裕をもった優雅さ――たぶん彼らがマリエットを襲うのを見る恐れ――たぶん彼らの完全に同時的な運動からくる一致の印象。

彼らは架空の空気の坂に沿って急角度でのぼっていき、その速力で風を切った。燕たちでも追いつけまい、とジャックモールは考えた。そして、それはかなり大きな鳥であるにちがいなかった。最初見つけたときの距離がわからなかったので、体長はまるっきり見当がつかなかったが、今ではまるで空の灰色のビロードの上の針の頭のようにほとんど目に見える限界に消えかかっているマリエットたちよりも、はるかにくっきりと空に浮き出ていた。

22

じゅうすう月二十八日

日が短くなる、とクレマンチーヌは考えた。日が短くなる、で、みんなは冬と春とについて語りはじめる。この季節には無限の危険がある――すでに夏のあいだに恐怖をもってかいま見られた新しい危険、だがその細部は今となって日が短くなり、木々の葉が飛び散り、大地が濡れた犬を暖かく感じはじめたときでなければはっきりと正確にはわからない。じゅういちに月《ノヴリエ》、霧雨の冷たい月。降る雨はさまざまな地点にさまざまな損害をもたらす可能性がある、それは田畑に穴を掘り、窪地を埋め、鳥たちを喜ばせるかもしれない。雨はいきなり氷結するかもしれない、で、シトロエンは二重に気管支肺炎にかかる、そら、彼は咳をして血を吐く、そこで枕もとに寄り添った不安な母親は、見るも痛ましいあわれなやせ細った顔をのぞき込み、そして見張りから解放された他の子供たちは、この機会を利用して高い靴をはかずに表に出る、で、彼らもまた風邪をひき、めいめいちがった種類の病気になる、だから三人を同時に看護することは不可能だ、そこで大人たちは部屋から部屋へと駆け回って足をすり減らす、だがその上手術で切断された手脚の残った部分——冷たいタイルの上に真赤に血をほとばしらせる残った部分——についても、大人たちは盆と薬を持ってベッドからベッドへと突進する。そして別々の三つの部屋の黴菌《ばいきん》が突然空中に舞い、合体し、三成分の結合からけがらわしい新種、肉眼でも見えるおそろしい菌《クロブ》が生まれてきて、それは横になった子供たちの関節にぐにゃぐにゃの数珠《じゅず》のようにくっついた、やさしく恐ろしい結節腫《ガングリオン》の成長を促進するという奇妙な特性を持っている、さてこうしてふくれ上がった結節腫は破裂して、黴菌が傷の外に流れ出す、そう、そうだ、そうしたことがみんな雨、灰色がかった〈じゅうすう月《オクターンブル》〉の雨のせいで起こるんだ、そして〈じゅういちに月〉の風がそれに伴う。ああ！　風はもう今では木々から重い枝をひきちぎり、罪のない子供たちの頭にぶつけることはできない。でももし風も復讐し、海に乱暴に吹きつけて平手打ちをくわすならば、しぶきが水浸しの断崖の上につぎつぎに押し寄せる。しぶきの一つに一匹の生物、小さな貝が乗っかっている。ジョエルが波を見ていた、そして（ああ、なんでもない！　ほんのちょっとさわっただけだけれども）貝殻が彼の目のなかに飛び込む。貝殻はすぐに落ち、すぐに出て、ジョエルは袖で目をこすり、ただちょっと気がつかないくらいのかすり傷を負っただけだ。ところが日を追うにつれてこのひびはひろがり、ジョエルの目は、ああ、あの目は、あまりにも長いあいだ火を見つめた老人たちの凝結した卵の白身のような瞳に似てくる――そして陰険な病いに冒されたもう一方の目は、空に向かってどんよりしたまなざしを投げる。ああ、盲目になったジョエル……そして断崖の上にしぶきは押し寄せ、押し寄せ、こうして大地はまるで砂糖のようにしぶきの泡のマントの下でぐにゃぐにゃになり、砂糖のように溶け、溶けてくずれて流れ、そしてああ、シトロエンとノエルは、冷たい溶岩のように溶ける大地に連れ去られ、子供たちの軽い死体が一瞬黒ずんだ波の表に漂い、沈んでいき、そして土が、ああ！　土が彼らの口を満たす。だから叫べ、叫べ、みんなにきこえるように、みんながくるように！……

家全体がクレマンチーヌの絶叫で鳴り響いた。だが反響はなかった、そのあいだにクレマンチーヌは子供たちを呼びながら、すすり泣き、取り乱して、階段の下から庭へと突進していった。青白い灰色の天候と、遠い波の響き以外のものはなかった。狂乱したクレマンチーヌは、断崖まで進んだ。それからたぶん子供たちは眠っているのだと考えて、家へ駆けつけた、だが途中ある考えに引き止められ、斜めに井戸のほうへ進み、その重い樫の木の蓋《ふた》を確かめた。よろめきながら、息を切らせてまた出発し、もう一度階段をのぼり、地下室から屋根裏まであらゆる部屋を尋ね、また表に出た。興奮のため嗄《か》れはじめた声で絶えず呼んだ。それから、最後の直観にとらえられ、格子の門に走っていった。門は開かれていた。彼女は道におどり出た。と五十メートル先で、村から帰ってきたジャックモールに出会った。彼は鼻を空に向けて、じっと鳥たちを見つめながら、ゆっくりと歩いていた。

クレマンチーヌは彼の服の襟をつかんだ。

「どこにいるの？　どこにいるの？」

ジャックモールは飛び上がった、まったく予期していなかったからである。

「誰が？」と、彼はクレマンチーヌに目の焦点を合わせようと努力しながら言った。目が、大気の明るさに焼かれて自分の前で踊っていた。

「子供たちよ！　格子の門があいてるの！　誰があけたの？　あの子たちは出ていってしまったわ！」

「とんでもない、出ていきはしませんよ」と、ジャックモールは言った。「格子の門はわたしが出ていくときあけたんです。それにもし彼らが出ていったとしたら、わたしが会ったはずです」

「あなたなのね！」と、クレマンチーヌは息をはずませた。「なんてことを！　あなたのおかげで、あの子たちがいなくなってしまったんだわ！」

「そんなことをあの子たちは問題にしていませんよ！」と、ジャックモールは言った。「自分できいてみればいいんです、彼らは庭から出ようなんて絶対にこれっぱかりも思っちゃいません」

「それはあの子たちにきいた話でしょう！　でも、わたしの子供はあなたをだませないほど頭が悪いと思っているんですか！……来て！　走りましょう！……」

「どこもかしこも見ましたか？」と、ジャックモールは彼女の袖をつかんでつかまえながら尋ねた。

彼女の態度に心を動かされはじめていた。

「どこもかしこも！」と、クレマンチーヌはすすり泣きながら言った。「井戸のなかまで」

「そりゃ弱りましたね」と、ジャックモールは言った。

無意識的に、彼はもう一度だけ上を見た。三羽の黒い鳥はマリエットと戯れるのをやめて、地面に向けて急降下しつつあった。束の間の一瞬、彼は真実をかいま見た。だが、つぎの瞬間それを放棄してしまった——完全な幻覚か、狂った考えか——彼らはいったいどこにいるのだ？　けれども彼は鳥たちの飛翔を追った。鳥たちは断崖のカーブの背後に見えなくなった。

「どこもかしこも見ましたか？」と、ジャックモールは彼女の袖をつかんでつかまえながら尋ねた。

彼が先に立って走った。クレマンチーヌは背後ですすり泣きながら息を切らせていた。

それでも彼女は格子の門を通ったあと、わざわざそれをしめた。二人が家に着いたとき、シトロエンが階段を降りてきた。クレマンチーヌは野獣のようにシトロエンに飛びかかった。ジャックモールはいくぶん感動して、つつましく彼女をながめていた。クレマンチーヌはシトロエンを抱擁して質問を浴びせかけ、たどたどしく支離滅裂なことを言っていた。「ぼくはジョエルやノエルといっしょに屋根裏部屋にいたよ」と、子供はクレマンチーヌがやっと彼に口をきかせるようになったとき言った。「みんなで古い本を見てたんだ」

ノエルやジョエルも階段を降りてきた。彼らは生き生きとした顔色をして、血をわき立たせていた――自分たちのまわりにいわば自由の香りを引きずっていた。ノエルがまだポケットからはみ出している雲の糸屑をすばやく押し込んだとき、ジョエルは兄弟の軽率さに微笑した。

彼女は晩まで子供たちを離さず、まるで彼らがどこかのモレク（旧約聖書。カナンの地で崇拝された異教の神。子供を人身御供にする）のところから逃げてきたかのように、甘やかして涙と愛撫を重ねた。子供たちを青色のベッドに寝かせてよく毛布にくるんでやり、彼らが体を伸ばして寝入ってしまうまで立ち去らなかった。それから三階にのぼり、ジャックモールの部屋のドアをたたいた。彼女は十五分ほどしゃべった。ジャックモールはものわかりよく承知した。彼女が部屋に戻ったとき、彼は目ざまし時計を夜明けにかけた。明日、彼は村に職人たちを呼び集めにいくのだ。

23

じゅういちに月六十七日

「見に行こう」と、シトロエンがジョエルに言った。

彼は格子の門のほうからきこえてくる物音に、最初に反応を示していた。

「いきたかない」と、ジョエルが言った。「ママが怒るだろ、そしてまた泣くだろ」

シトロエンは彼の気持ちを変えさせようとした。

「おまえは危いことはいやなんだな」

「そんなことはないよ」と、ジョエルは言った。「けど、ママが泣くと濡れた顔をしてみんなに接吻するだろ。あいつが気持ち悪いや。熱いや」

「ぼくはそんなの平気だな」と、ノエルが言った。

「いずれにしろ、ママはなにをするんだろう?」と、シトロエンが言った。

「ぼくはママを苦しませたくはないね」と、ジョエルが言った。

「ママは苦しみなんかしないさ」と、シトロエンは言った、「ママは泣いたり、ぼくらを抱いて接吻したりするのがおもしろいんだ」

ノエルとシトロエンの二人は、肩を組んで立ち去った。ジョエルは二人を眺めていた。クレマンチーヌは職人たちが働いているあいだ、そばに寄ることを禁じていた。そりゃそうだ。

だが、通常この時間には彼女は台所で忙しく、フライや鍋の音でほかの音に耳を澄ますことはできない。それに結局のところ途中で話しかけさえしなければ、職人たちを見にいくのはそんなに悪いことではない。ノエルとシトロエンはなにをやっているのか？

ジョエルは飛び方を変えるために、二人に追いつこうとして走りはじめたが、あんまり速く走ったので小道の曲がり角で砂利の上でスリップし、あやうくころびそうになった。そして平衡を回復するとまた出発した。彼は一人で笑っていた。もう歩くことを忘れてしまったぞ。

シトロエンとノエルは腕をぶらぶらさせながら並んで立っていた、そしてそこから一メートルほど先には、庭の塀と大きな金の格子の門が立っているはずだったのに、シトロエンとノエルはいくぶんびっくりしたことに虚空と向かいあっているのだった。

「どこにあるんだ？」と、ノエルが尋ねた。「壁はどこなんだ？」

「知らないな」と、シトロエンはつぶやいた。

なにもない。明るい虚空。まるで剃刀で断ち切ったみたいに完全で、唐突で、明瞭な不在が彼らの前に立ちはだかっていた。もっと上のほうは空だった。ジョエルは好奇心を持ってノエルに近づいた。

「いったいどうしたんだ？」と、彼は尋ねた。「職人たちが古い塀を持っていっちゃったのかい？」

「そうだろうな」と、ノエルが言った。

「もうなんにもないや」と、ジョエルが言った。

「こりゃなんだ？」と、シトロエンが言った。「連中はいったいなにをしでかしたんだ？これは色がない。白じゃない。黒じゃない、なんでできてるんだろう？」

　彼は進み出た。

「さわるな」と、ノエルが言った。「さわるなよ、シトロエン」

　シトロエンは躊躇《ちゅうちょ》した、そして手を差し出した、だが虚空にさわる前にやめた。

「だめだ、できない」と、彼は言った。

「格子の門があったところにもうなんにも見えない」と、ジョエルが言った。「前には、覚えてるだろ、道と田畑の一角が見えた。それが今じゃあ、みんなからっぽだ」

「まるで目を閉じたときみたいだな」と、シトロエンが言った。「でも目をちゃんと開いている、そのくせ庭しか見えないんだ」

「まるで庭がぼくらの目みたいだ」と、ノエルが言った、「そしてこいつが瞼みたいだ。黒でもなければ白でもない、色がない、まさに無だ。これは無の壁だ」

「うん」と、シトロエンが言った、「まさしくそうだ。ママはぼくらが庭から出たがれないよう、無の壁を作らせたんだ。こうしとけば庭でないものはすべて無だ、そこにいくことはできやしない」

「でも、もうほかにはなんにもないのかな?」と、ノエルが言った。「空しかないのかな?」

「空さえあればいいさ」と、シトロエンが言った。

「ぼくはまだ職人たちが仕事を終えていないと思ってた」と、ジョエルが言った。「槌《つち》でたたく音と話し声がきこえてたろ。だから職人たちが働いてるところを見にいくんだと思ってた。こんなのはおもしろかないや。ぼくはママのところへいくよ」

「たぶん、壁全部は作りおえてないんじゃないかい?」と、ノエルが言った。

「見に行こう」と、シトロエンが言った。

ノエルとシトロエンは兄弟をそこに置き去りにして、塀があったころ、壁に沿って走っていた小道づたいに出発したが、その道は今では彼らの新しい閉ざされた世界の循環路を形づくっていた。二人は地面すれすれに、低い枝の下を縫って非常な速度で飛んだ。

断崖のわきのそばにきたときに、シトロエンはぴったり止まった。二人の前には元の塀の長い壁が、その石材や、虫のざわめく緑色の飾りで笠石を蓋っていたよじ登る植物とともにあった。

「塀だ！」と、シトロエンが言った。

「あっ！」と、ノエルが言った。「見てみろ！　上のほうはもう見えない」

ゆっくりと、まるで手品のように、表面が消えてなくなった。

「連中が前に降ろしてるんだ」と、シトロエンが言った。「連中が最後の部分を前に降ろしてるところなんだ。もう全然見えなくなっちゃうぞ」

「なんだったら、別の側にいって見ようか？」と、ノエルが言った。

「いーや！」と、シトロエンは言った、「見る必要はない。どっちみちこうなったら鳥と遊んでたほうがおもしろいや」

ノエルは黙った。彼も同意見だったし、それは今さら注釈を加えるまでもない事実だった。塀の下のほうもまた日に見えないものに取ってかわられた。二人は組頭の指図する声と槌音《つちおと》をきいた、それから真綿でくるんだような沈黙。

せわしない足音が作業場に響いた。シトロエンは振り向いた。クレマンチーヌがジョエルを連れてやってくるところだった。

「シトロエン、ノエル、いい子ですからいらっしゃい。ママがおやつにおいしいお菓子を作ってあげましたよ。さあ、さあ！　いちばん最初にママに接吻しにきた子に、いちばん大きいのをあげますよ」

シトロエンは小道を動かなかった。ノエルは彼に目くばせすると、怯えたようなふりをして、クレマンチーヌの腕のなかに飛びこんでいった。彼女はノエルを抱きしめた。

「どうしたの、坊や？　ひどく悲しそうな顔をしてるわね。なにが心配なの？」

「ぼくこわい」と、ノエルはつぶやいた。「もう塀がない」

シトロエンは吹き出しそうになった。なんてノエルのやつは役者なんだろう！

ジョエルはボンボンを口に入れたまま、ノエルを安心させて言った。

「ありゃなんでもないよ。ぼくはこわかない。あれは庭のなかでより快適にすごすための、他のよりちょっとばかりきれいなだけの塀さ」

「坊や！」と、クレマンチーヌはノエルに熱烈に接吻しながら言った。「ママがあなたをこわがらせるようなことをすると思う？　さあさあ！　みんなおとなしくおやつを食べにいらっしゃい」

彼女はシトロエンにほほえみかけた。彼はその口が震えているのを見た、そして頭《かぶり》を振った。クレマンチーヌが泣き出したとき、彼は好奇心を持ってながめた。それから肩をすくめて、やっとそばに近寄った。彼女は痙攣したように抱きしめた。

「意地悪！」と、ジョエルは言った。「またおまえママを泣かしたな」

彼はシトロエンにみごとな肘鉄砲をくわせた。

「そんなことありませんよ」と、クレマンチーヌは言った。

彼女は涙に濡れた声をしていた。

「シトロエンは意地悪じゃありませんよ。あなたたちはみんないい子よ、三人ともわたしのだいじな子供なの。さあ、さあ、すてきなお菓子を見にいらっしゃい。いきましょうね！」

ジョエルは走り出し、ノエルがあとにつづいた。クレマンチーヌはシトロエンの手を取って引っぱった。シトロエンはいくぶんけわしいまなざしで、その動きにしたがった。彼は手首の上のひきつった手が好きではなかった。気持ちが悪くなるのだった。彼はまた涙も好きではなかった。一種のあわれみからいやでも彼女にくっついていることになるのだが、そのあわれみは彼を恥ずかしい気持ちにし、困惑を感じさせるのだった――ちょうどあの日、ノックをせずにメイドの部屋にはいっていったとき、裸のメイドが腹にいっぱい毛をはやし、手に赤いタオルを持って金盥《かなだらい》の前にいるのを見たときのように。

24

じゅうにさん月七十九日

もう木はない、とクレマンチーヌは考えた。もう木はない、しっかりした格子の門がある。二つの事実。たしかに些細な事実だ、だが結果としては無限の可能性を持っている。

膨大な数のあらゆる種類の事故が、以後は死滅した可能性の領域に追いやられることになるわけだ。子供たちは美しい、成長している、元気な顔色をしている。水は沸かして飲むし、あらゆる用心がしてある。どうして彼らがぐあいが悪くなどなろう、なぜって病気はみなわたしが引き受けるのだから？　でもけっして監視をゆるめてはならない、つづけなくてはならない。つづけるのだ。まだたくさんの危険が残っている！　高度と空間の危険は撲滅されたけれど、地面の危険がまだ存在する。地面。腐敗、黴菌《ばいきん》、汚れなどは、みな地面からやってくる。地面を隔離すること。塀の各面を、おなじく危険を通さぬ床によって結び合わせること。あのすばらしい塀、不在の塀、子供たちが突き当たることもできず、それでいて理想的な方式で境界を面する塀。純粋状態で境界を面する塀。あれに似た地面、地面を絶滅させる地面だ。子供たちには空をながめることばかりが残るだろう……そして空ってのはたいしたものじゃない。もちろん、上からやってくるたくさんの災害が子供たちの頭上に降りかかりうるだろう。だが空の広大な危険を過小評価するわけではないが、つぎのように認めることができる——そう考えたって悪い母親ではないだろう——いいや！　純粋に理論的にだ——増大しつつある危険の順位から言えば、空はいちばんあとだと認めることができる。だが地面は。

庭にタイルを敷きつめたら？　陶器のタイルだ。たぶん白色の？　だが、子供たちの目に対する太陽の反射は？　突然、日光が垂直に射してくる。そして透明な雲がその前を横切る。不幸にも雲はレンズの形をしている——一種の虫眼鏡の形——そして光線の束はちょうど庭の上に集中する。白いタイルは思いがけないほど強力に光を反射し、光は子供たちを包んでほとばしる——かわいそうにおててを持ち上げて、子供たちは目を保護しようとする——だが、ほら、もう子供たちは無慈悲なエネルギーによって目がくらみ、よろめく——そして倒れる、もう目が見えない……神さま、雨をお降らせください……わたしは黒いタイルを張ります、神さま、黒いタイルです——だがしかしタイルはとても固い、もし彼らが体の平衡を失ったら——雨のあとで足がすべり、よろめいたら——ころぶ、ほらノエルが地面にひっくり返った。不幸にも誰も彼が倒れるのを見ていなかった。今では目には見えない骨折が、美しいほっそりした髪の下に隠れている——でも兄弟たちはふだん以上にノエルをいたわるようなことはしない——そこである日のこと彼は錯乱状態になる——大人たちは原因を捜す——大人たちは忘れてしまった、医師は知らない、で突然、頭蓋骨が割れる、骨折が拡大したのだ、そこでまるで蓋《ふた》のように彼の頭の上部がはずれる——そして毛むくじゃらの怪物が出てくる。いいや！　いいや！　これはほんとうのことじゃない、倒れちゃだめよ、ノエル……気をつけて！……どこにいるの？……子供たちは眠っている——そこで、わたしのそばで眠っている。子供たちの眠っているのがきこえる——彼らの小さなベッドのなかで……あの子たちを起こしてしまいそうだ、気をつけなくちゃ、音をさせないように——気をつけて！……でも、もし地面がゴムの絨毯みたいにやさしくて柔らかだったら、そんなことも起こらないだろう――それだ、きっと子供たちに必要なのは、ゴム、そう、それがいい、絨毯みたいにゴムを庭全体に敷きつめる――でも、火が――ゴムは燃える――べたべたくっついて、子供たちは鳥モチみたいにそれに足をとられる――そして煙で窒息する――もうたくさんだ、わたしはいやだ、そんなのは嘘だ、不可能だ――それ以上の物を捜したなんてわたしがまちがってた――塀みたいには。塀みたいに地面を無効にするものはない――子供たちを来させなくては、戻って来させなくては、目に見えない不在の絨毯で塀を接合させなくては――絨毯を設備しおわるまで子供たちを家に止めておこう、そしてそれが終われば、もう危険はなくなる――いや、空が、ずいぶんわたしはそのことを考えた――だけど、わたしはさっきまず第一に地面がもうなにもできないことを確認しなくてはと結論を下したのだ……

彼女は立ち上がった――ジャックモールは地面のため男たちを呼び集めることを拒否しはしないだろう――みんな同時にやらせてしまわなかったことは馬鹿だった――でも一度に全部のことを考えるわけにはいかない――もっとよい方法を探す――たえず探さなくちゃ――一挙になにもかもできなかったことについて自分を罰し、辛抱強くつづけて不断に改善するよう努めなくちゃ――子供たちのために完全な世界、羽毛のクッションの上におかれた白い卵の内部のように、清潔で、快適で、無害な世界を築いてやらなくては。

25

じゅうにさん月八十日

作業を頼んでの帰り道、ジャックモールは教会の前を過ぎた、そして朝方はまだ暇だったので、物事についての考え方がかなり彼の気に入っている司祭と、すこしばかりおしゃべりをする決心をした。彼は趣味のよい明暗が支配している広大な楕円体のなかにはいっていき、老いた放蕩者の逸楽をもって宗教的雰囲気を吸い、なかば開かれた聖具室の扉のところまでたどりついて、それを押した。三回あらかじめ軽くたたいて、来訪を告げてあった。

「おはいり」と、司祭は言った。

司祭は家具のいっぱいつまった小さな部屋の真中で、パンツ姿で縄跳びをしていた。聖具室係は椅子に腰をおろして、安ブランデーのグラスを拳に握り、そのありさまを鑑賞していた。足をひきずる司祭は行動の優雅さをそこねていたが、にもかかわらず司祭はみごとにその困難を克服していた。

「今日は」と、聖具室係が言った。

「今日は、司祭さま」と、ジャックモールは言った。「そばを通りましたので、ちょっとご挨拶をと思いまして」

「それはもうすみましたよ」と、聖具室係は言った。「ちょっくらいっぱい安酒はいかがです？」

「わざと田舎者みたいな話し方をするんじゃない」と、司祭はきびしく言った。「贅沢の言葉こそ神の家にふさわしい」

「ですが、司祭さま」と、聖具室係は言った、「聖具室とはいわば神の家の便所のようなものではありませんか。そこでは人は少しばかりくつろぐのでございます」

「悪魔みたいなやつじゃ」と、司祭は雷光を発するような目でにらみつけて言った。「なんでおまえのようなやつを手元においとくのかな」

「それは正直言ってよい宣伝になるからでしょう、司祭さま」と聖具室係は言った。「それにあなたさまの見せ物のためにも、とにかく役立ちますからね」

「ときに」と、ジャックモールは言った、「次回にはなにをなさるおつもりですか？」

司祭はとぶのをやめて、注意深く綱を折りたたみ、乱雑に引き出しのなかに突っ込んだ。そして話しつづけるあいだ、ぶよぶよした胸部をかすかに灰色味がかったタオルで拭いていた。

「壮大な出し物となりましょう」と、彼は言った。

彼は腋《わき》の下を、すぐつづいて臍《へそ》をぬぐい、うなずいて、言葉をついだ。

「衣服をまとわぬ人間が、壮麗な雰囲気を作り出すための口実に使われているような俗世間のスペクタクルを、贅沢さの点で顔色なからしめる見せ物です。おまけに、中心になるアトラクションは、主のおそばにいく巧妙な手段を構成しているとお考えください。わたしが上演しようとしているのはそういうものです。装飾と衣装との想像もつかないような展開のさなかを、マリア少年聖歌隊がバスチエンの野まで、無数の銀の糸で大地に結びつけられた黄金の熱気球を引っぱっていきます。蒸気式パイプオルガンの調べのうちに、吊《つり》籠《かご》のなかにはわたしが乗り込み、そして適当な高度に達するやいなや、窓からこのならず者の聖具室係めをほうり出すでしょう。そして神はこの祭典の忘れがたい輝きと、贅沢のお言葉の勝利を前にしてほほえまれることでありましょう」

「へえ、こりゃ」と、聖具室係は言った、「あなたはわたしにそんなこと言ってなかったじゃありませんか、司祭さま。わたしは顔を地面にぶつけることになるんですかね！」

「悪魔のようなやつめ！」と、司祭はどなった、「コウモリみたいに羽根が生えてるじゃないか！」

「わたしはもう何カ月も飛んでいませんよ」と、聖具室係は言った、「わたしが飛ぼうとするたびに、家具職人のやつが尻にたっぷり粗塩《あらじお》を浴びせて、わたしを鶏あつかいするんです」

「じゃあしようがないな」と、司祭は言った、「顔を地面にぶつけるんだな」

「なるほど、そうしたらいちばん困るのはあなたでしょう」と、聖具室係はつぶやいた。

「おまえがいなくてか？　やっと解放されることになるじゃろう」

「えへん」と、ジャックモールは言った、「ちょっと意見を申し上げてよろしいでしょうか？　お二人は平衡関係の二項を形成しているように思います。一方がなければ他方も成立しません。悪魔がなければ、あなたの宗教もいささか無償の様相を帯びることになりますね」

「そうですとも」と、聖具室係が言った、「たいへんけっこうなお話ですね。いいですか、司祭さま、あなたを正当化するものはわたしであると認めておしまいなさい」

「出ていけ、虫けら野郎」と、司祭は言った、「おまえは不潔でいやな臭いがする」

聖具室係はそんなのよりひどいのをいくらも聞いたことがあった。

「で、あなたの不愉快なのは」と、彼は言い足した、「いやな役をやるのはいつでもわたしであり、わたしはけっして抗議しないのに、あなたはあくまでわたしを口ぎたなくののしるってことです。ためしにときどき役割を逆にしてみたらどんなもんですかねえ」

「わしの顔に石が当たることがあるのはありゃなんじゃ？　やつらにわたしに石をほうるようにそそのかしているのはおまえじゃないかな？」

「わたしにそんなことができたら、もっと石を食ってるでしょうよ」と、相手はぶつくさ言った。

「よし、わたしはべつに根に持ったりはせん！」と、司祭は結論として言った。「だが二度とおまえの義務を忘れるなよ。神は花を必要としておられる、神は香を必要としておられる、神には敬意と豪華な贈り物、黄金、没薬《もつやく》、奇跡的な幻、ケンタウロスのような美しい少年たち、輝くダイヤモンド、日光、曙《あけぼの》が必要じゃ、それにひきかえおまえは醜く、みすぼらしく、まるで客間の真中で屁《へ》をひる毛の抜けた驢馬《ろば》みたいだ……だが別の話をしよう、おまえと話していると腹が立ってくる。そこにおまえをなぐり倒してやろう、これは問答無用じゃ」

「じゃあ、わたしは倒れませんね」と、聖具室係はにべもなく言った。

彼は炎の舌を吐き出して、それが司祭の脚の毛を焼いた。司祭は口ぎたない言葉を吐いた。

「みなさん」と、ジャックモールは言った、「お願いですから」

「ところで、ようこそお見えいただけましてなんのご用事でしょうか？」と、司祭ははなはだ社交的に言葉をついだ。

「そばを通りましたもんで」と、ジャックモールは説明した、「ちょっとご挨拶をと思いまして」

聖具室係は立ち上がった。

「司祭さま、わたしはいきますよ」と、彼は言った。「なにやらさんとお話しなすっててください」

「さようなら」と、ジャックモールは言った。

司祭は焼けた毛を落とすためにがりがり脚を掻いていた。

「いかがお暮らしですな？」と、彼は尋ねた。

「元気です」と、ジャックモールは言った。「わたしは職人たちを探すため村にきました。またあの家でやる仕事がありますので」

「あいかわらずおなじ理由でですか？」と、司祭は尋ねた。

「あいかわらずです」と、ジャックモールは言った。「子供たちになにか起こるかもしれないと思うと、彼女は気が狂いそうになるのです」

「でも彼女は、彼らになんにも起こりえないと考えてもおなじく気が狂いそうになるでしょう」と司祭は言った。

「そのとおりです」と、ジャックモールは言った。「ですから、わたしは最初は彼女は危険を誇張していると考えたのです。ですが、ほんとうのところ、今ではこうした保護への熱狂はわたしにある種の敬意を感じさせます」

「なんとすばらしい愛か！」と、司祭は言った。「この贅沢な用心は！　子供たちは少なくとも、母親が彼らのためにしてくれていることがわかっていますか？」

ジャックモールはすぐには答えなかった。問題のそうした面は今まで考えたことがなかったのである。彼はためらった。

「そいつは、どうだか……」

「あの女は聖者です」と、司祭は言った。「にもかかわらず、一度もミサにはきませんな。説明していただけますか？」

「それは説明不可能です」と、ジャックモールは言った。「実際にはなんの関係もありません、認めてください。それが説明です」

「認めましょう、認めましょう」と、司祭は言った。

二人は黙った。

「では、わたしは帰ります」と、ジャックモールは言った。

「ああ、そうですか、お帰りになるのですか」と、司祭は言った。

「では帰ります」と、ジャックモールは言った。

彼はさようならを言い、そして立ち去った。

26

さんなな月十二日

空は、黄色っぽく見場の悪い雲のタイルを張りつめられていた。寒かった。遠くでは、海が不愉快な音調で歌いはじめた。庭は嵐の前の重苦しい光を浴びて横たわっていた。最後の変容以後、もう地面はなかった。ただ、まれな茂みや木の虐殺を逃れた藪だけが、虚空から突出して顔を出していた。そして砂利の小道は無傷なままに、大地の不可視性を二分して存続していた。

雲は互いにこっそり近寄った。それが接合するたびに、焦げ茶色の微光がほとばしるのと同時に、鈍いごろごろという音がきこえた。空は断崖の上に集中するかに見えた。もはやそれが汚なく重苦しい絨毯でしかなくなったとき、大いなる沈黙が落ちかかってきた。そしてその沈黙の背後で、風がやってくるのがきこえた――それは最初は控え目に、崖縁《がけぶち》の道や煙突の上をぴょんぴょんはね、ほどなくもっと張りつめてもっと硬く、石の一つ一つの角から鋭いバタバタという音をかすめ取り、植物の不安な頭をたわめ、水の最初の薄片を前に突き飛ばしながらやってきた。そのときになって、空はあたかも死んだ陶器のように一気にひびがはいった、そして雹《ひょう》が降りはじめ、苦い雹粒が屋根のスレートに当たって爆発し、硬い水晶のしぶきをはね上げた。家はしだいに色濃い蒸気のうちに消えた――雹粒は荒々しく小道に落ちかかり、各着弾点に火花がはぜた。繰り返される衝撃の下で、海は沸き立ちはじめ、黒っぽい牛乳のようにふくれ上がった。

最初の茫然とした状態からさめると、クレマンチーヌは子供たちを捜した。彼らは幸いなことに部屋にいた、そこで彼女は急いで子供たちを、階下のリビングルームで自分の回りに集めた。戸外は完全に真暗になり、窓辺を浸す薄暗い霧が、ランプの光を受けてふぞろいな燐光を放っていた。

もし彼らが外にいたら、と彼女は考えた、それだけで彼らは雹《ひょう》に切り刻まれ、この黒いダイヤモンドの卵に押しつぶされ、肺臓を満たす油断のならない、呼吸不可能な乾燥した埃に窒息させられた姿で見つかっていたろう。どうやって保護すれば充分か？　屋根？　庭に屋根をかける？　そんな必要はない、家だっておなじことだし、そのほうがつけ足しのどんな屋根よりじょうぶだ——だが結局のところ、家自体もくずれはしないだろうか——そしてもしこの雹《ひょう》が何時間もつづいたら——何日間、何週間も——屋根に蓄積した死んだ埃の重みが骨組みを押しつぶすほどになりはしないだろうか？　鋼鉄で建てられた部屋、不死身の部屋、完璧な避難所が必要だろう——高価な宝石をたえず守っておくように、子供たちを強力な金庫に入れて守っておかねばならないだろう、彼らには無限の力を持ち、破壊不可能で、時の骸骨のように硬い宝石箱が必要だ、それを他でもないこの場所に明日建ててやらねばならぬ——明日にも。

彼女は三人の子供を見た。彼らは嵐を気にかけず、平和にのんびりと遊んでいた。

ジャックモールはどこにいるのかしら？　わたしは彼と最善の解決策を論議したい。

彼女はメイドを呼んだ。

「ジャックモールはどこにいるの?」

「部屋だと思います」と、キュブランは答えた。

「呼んできてくれる?」

泡立つ海の高いざわめきが耳を無感覚にしていた。雹《ひょう》も負けてはいなかった。

メイドが出ていってしばらくして、ジャックモールがあらわれた。

「さあ」と、クレマンチーヌは言った。「わたしは最終的解決をみつけたと思います」

彼女は彼に自分の考えた結果を述べた。

「そうすれば、もうこの子たちはなんの危険もないでしょう。ですがそのためには、もう一度あなたに助力をお願いしなくちゃなりませんわ」

「明日わたしは村にいきます」と、彼はいった。「ついでに鍛冶屋にそう言ってきます」

「急いでそれをして欲しいんです」と、彼女は言った。「そうしたらずっとこの子たちのことで安心できるでしょう。わたしはずっと前から、いつの日か、子供たちを完全に災害から守ってやる方法を発見できると感じていました」

「たぶんあなたのおっしゃるとおりでしょう。わたしにはわかりません。それはあらゆることについてあなたの献身を要求することになりますよ」

「確実に自分が守っている者に対して身を捧げるのは、なんでもないことですわ」と、彼女は答えた。

「お子さんたちはあまり運動ができなくなりますね」と、ジャックモールは言った。

「運動がそんなに体に良いですかしらね」と、クレマンチーヌは意見を述べた。「あの子たちはかなり体の弱い子なんですもの」

彼女はため息をついた。

「わたしはもうすぐ目的を果たせそうな気がします。でも変ですね。なんだかいくぶん飽き飽きしたような気もします」

「これでゆっくりお休みになれますよ」と、彼は言った、「ある程度まではね」

「どうですかしらね。わたしはこれほどまでにあの子たちを愛しているので、もう自分が休めるなどと思いません」

「もしもあなたがその隷属に耐える忍耐がおありになれば……」

「そんなことはもうなんでもないでしょう」と、彼女は結論して言った。「わたしがいままで耐えてきたことに比べれば！……」

27

さんなな月十四日

生け垣の穴を通して、動物たちがゆっくりと、平和に、短く刈られた畑の草を食べているのが見えた。乾燥して人気のない路上には、もう前日の雹《ひょう》の跡は残っていなかった。風は藪を揺り動かし、日光がその点描で描かれた影を踊らせていた。

ジャックモールはそうしたすべてに注意深くまなざしを注いだ。もう彼が見ることがないだろうこれら景色の上に——運命によって定められた場所に着く日がきたのだ。

もしおれがあの断崖の道にいなかったら、と彼は考えた。八月二十八日に。そしていまでは月もまったくおかしくなった——田舎ではより大きな時間が、より速く目的なしに過ぎていく。

で、おれはいったいなにを同化したろう。彼らはおれになにを残してくれたろう。彼らはなにを伝えることができたろう？

ラ・グロイールは昨日死んだ、そしておれは彼のかわりをしにいく。最初は空《うつ》ろだったおれは重すぎるハンディキャップをしょっていた。恥とは畢竟《ひっきょう》もっともありふれたものだ。

だがおれは、なにを探ろうとせねばならなかったか、なにを知ろうとせねばならなかったか——なんで彼らのようになろうとするのか——先入観をなくせば、人は必然的にそこに、そこにのみ到達せねばならぬのか？

彼は、空中にマリエットたちが踊っていたあの日のことを思い出していた——そしてあまりにも知りすぎたこの道を歩いた自己の歩みのすべて、その歩みのすべてが脚に重くのしかかり、突然自分をひどく重いものに感じた、この道はすでに何度も歩いたのに、なんで出発点から離れるのにこんなに時間をかけるのか、なんでおれは断崖の家にとどまったのか――ラ・グロイールの黄金のなかで暮らすために、明日家を離れねばならなかった。家。庭。背後には、断崖と海。いったいアンジェルはどこにいるのだ、と彼は考えた、水のただなかで踊っていたあのあてにならない道具に乗ってどこへ出かけたのか？

黄金の格子の門をあとにして、彼は断崖の道を下った、そして砂浜と、繊細な泡の総飾《ふさかざ》りとともに新鮮な香りを漂わせている湿った小石のところにいきついた。

アンジェルの出発の跡はもうほとんど残っていなかった。進水路の火によってまだ黒くなった石がいくつか、それだけだ。彼は無意識的に目を上げた。そして凍りついたようにその場を動かなかった。

三人の子供が断崖の縁を全速力で走っていた――距離と見る角度のせいでいっそう小さく見える影。彼らはまるで平地を走るように、足の下にころがる石など気にもとめず、虚空がま近なこともいっこう平気で、あきらかに狂気に取りつかれて走っていた。ちょっとでもへまな動作をすれば、彼らは落ちる。足を踏みそこなえば、砕かれ血を流した彼らをおれが足もとから拾い上げることになるだろう。

彼らがたどっている税関吏たちの小道は、もう少し先で切り立った裂け目を見せていた。三人のうちの誰も、なんらかのしるしによって、そこで止まらねばという意志を示していなかった。きっと忘れているのだ。

　ジャックモールは拳をひきつらせた。叫ぶ——そして子供たちを転落させる危険を冒す？　彼らは、ジャックモールの位置からはよく見えている裂け目が見えなかった。

　もう遅い。彼らは、ジャックモールの拳は真白になり、そして彼は呻いた。シトロエンが真先にそこに差しかかった。ジャックモールの拳は真白になり、そして彼は呻いた。シトロエンが真先にそこに差しかかった。子供たちはこちらに頭を向けた、そして彼を見た。それから虚空に身を投げて、鋭いカーブを描き、生後一カ月の燕たちのようにさえずったり笑ったりしながらやってきて、ジャックモールのそばに着陸した。

「ぼくたちを見たのね、ジャックモール叔父さん？」と、シトロエンが言った。「でも言っちゃだめだよ」

「ぼくらは飛ぶことを知らないふりをして遊んでたのさ」と、ノエルが言った。

「どう、おもしろいよ」と、ジョエルが言った。「ぼくらといっしょに遊んだら」

　いまや、ジャックモールはわかってきた。

「あれはきみらだったんだね、このあいだ鳥といっしょにいたのは？」と、彼は尋ねた。

「そうだよ」と、シトロエンが言った。「ぼくら叔父さんを見たよね。でも、ぼくらはとっても速く行こうとしていたので、止まらなかったんだ。それに、ほら、ぼくら飛べるってことは誰にも言わないだろ。上手に飛べるようになるまで待ってママを驚かしてやるんだ」

ママを驚かすか。彼女はきみらにどんな驚きを用意していることか。すべてが変わるのだ。

だとしたら、彼女はそんなことをしちゃいけない。彼女はそれを知らねばならない。あんな状態に子供たちを閉じ込めるなんて……おれはなんとかしなくちゃならない。おれは……そんなことを承知したくはない……まだ一日の余裕がある……まだおれは赤い小川の小舟に乗ってはいない……

「さあみんな、また行って遊んでおいで」と、彼は言った。「叔父さんはもう一度のぼってお母さんに会ってこなくちゃならないから」

彼らは波すれすれに飛んでいった。追いかけ合った、ジャックモールのそばに戻ってきた、しばらく付き添って飛んだ、そして彼がいちばん高い岩々を越すのを助けた。すぐにまた彼は崖の頂上に着いた。決然とした足どりで家のほうに向かった。

28

「でもいいですこと」と、クレマンチーヌはびっくりして言った、「わたしにはわかりませんわ。あなたは昨日はそれはとてもいい考えだとおっしゃったでしょう、それをいまになって、馬鹿げているとおっしゃりにくるなんて」

「わたしはいまでも賛成に変わりありません」と、ジャックモールは言った。「あなたの解決法は確実にお子さんたちに有効な保護をあたえるものです。ですが一つ問題は残ります、で、あなたはその問いを自分に発するのを忘れたのです」

「どんな問いですか？」と、彼女は尋ねた。

「彼らには実際にそうした保護が必要でしょうか？」

彼女は肩をすくめた。

「あたりまえのことですわ。わたしはあの子たちになにが起こるかもしれないと考えると、一日じゅう不安で死にそうになります」

「条件法の使用は無力の告白であることがままありますね――ないしは虚栄心の」と、ジャックモールは意見を述べた。

「無駄な脱線はおよしになったほうがいいわ。一度くらいは少しは正常におなりになったら」

「いいですか」と、ジャックモールは言い張った、「わたしは真剣にそうなさらないようお願いしているのです」

「でもいったいなぜですの」と彼女は尋ねた。「説明なさって！」

「あなたにはわからないでしょう……」と、ジャックモールはつぶやいた。

彼はあえて子供たちの秘密を洩らすような真似はしていなかった。少なくともそれを子供たちにとっておいてやらねば。

「わたしは誰よりも、あの子たちにとってなにがふさわしいか判断する資格がありますわ」

「いいえ」と、ジャックモールは言った。「彼ら自身のほうがあなたよりもっと資格があります」

「馬鹿馬鹿しい」と、クレマンチーヌは素気なく言った。「あの子たちは、他のあらゆる子供とおなじように絶えず危険を冒しているのです」

「お子さんたちはあなたにはない防御法を持っています」と、ジャックモールは言った。

「それに要するに」と、彼女は言った、「あなたはわたしみたいにあの子たちを愛していませんせん、わたしの感じていることを感じることはできないのです」

ジャックモールはしばし黙っていた。

「もちろんです」と、彼はついに言った。「なんでわたしがそんなふうにあの子たちを愛さなければならないのです？」

「母親だけがわたしの気持ちを理解できますわ」と、クレマンチーヌは言った。

「でも死んでしまいますよ、鳥は、籠のなかでは」

「いいえ、鳥はとってもよく暮らすのです」と、クレマンチーヌは言った。「鳥を正しく世話してやれる唯一の場所でもありますわ」

「わかりました」と、ジャックモールは言った。「もうどうしようもありませんね」

彼は立ち上がった。

「わたしはあなたにおいとまを申し上げます。もうたぶん、二度とお目にかかることはないでしょうが」

「あの子たちが慣れましたら、たぶんわたしもときどきは村へいけると思います。それにまた、あなたは結局はおなじように自分を閉じこめにいらっしゃるんだとしたら、なんでわたしに反対なさるのかますますわかりませんわ」

「わたしは他人を閉じこめるのではありません」と、ジャックモールは言った。

「わたしとわたしの子供はおなじものです」と、クレマンチーヌは言った。「それほどあの子たちを愛しています」

「あなたは世界について奇妙な考えを持っていらっしゃいますね」と、彼は言った。

「あなたこそそうだと思っていましたわ。わたしの考えはちっとも奇妙ではありません。世界とは彼らです」

「いいえ、あなたは混同しています」と、ジャックモールは言った。「あなたは自分が彼らの世界でありたいと願っているのです。その意味では破壊的です」

彼は立ち上がって部屋を出た。クレマンチーヌは彼が立ち去っていくのをながめた。彼はあまり幸福そうではない、と彼女は考えた。たぶん自分の母親が恋しくなったのだろう。

29

さんなな月十五日

三つの黄色い月が、めいめい各自に一つずつ、窓の前にきてとまったところだった、そして兄弟たちにしかめっ面《つら》をして遊んでいた。子供たちは三人とも長い寝間着を着て、シトロエンのベッドに潜り込んでいた――そこからのほうが月がよく見えたのである。飼い慣らされた彼らの三匹の熊は、ベッドの下で、歌いながら輪になって踊っていた、だがロブスターを寝つかせる女であるクレマンチーヌを起こさないようごく静かに。シトロエンは、ノエルとジョエルのあいだにはさまって考えこんでいるように見えた。彼はなにか両手に隠していた。

「ぼくは言葉を考えてるんだ」と、彼は兄弟たちに言った。「最初が……」

そして途中でやめた。

「よし。見つけたぞ」

彼は両手を開かずに口のところに持っていき、なにか低い声で幾言か言った。それから持っていたものをベッド・カバーの上においた。白い小さなバッタ。

すぐに熊たちが押し寄せてきて、その回りにすわった。

「つめてくれ」ジョエルが言った、「見えないぞ」

熊たちはベッドの脚に背を向けるような位置に移動した。それからバッタはおじぎをして、アクロバットの回転をはじめた。子供たちは手放しに感心した。

だが、バッタはすぐに疲れてしまった。一同に接吻を送ると、非常に高く飛び上がって、それっきり落ちてこなかった。

第一、誰もバッタのことなど気にかけていなかった。シトロエンは指を上げた。

「ぼくは他のことも知ってるぞ！」と、もったいをつけて言った。「毛皮のノミを見つけたら、三回刺されなくちゃいけない」

「それで？」と、ノエルが尋ねた。

「そうすれば好きなだけ小さくなれる」

「ドアの下を潜《くぐ》るのは？」

「ドアの下だってもちろんだ」と、シトロエンは言った。「ノミぐらい小さくなれる」

熊たちが興味を持って近寄ってきた。

「言葉を逆に言ったら、もっと大きくなれますかね？」と、彼らは声をそろえて尋ねた。

「いや」とシトロエンは言った。「第一きみらはいまぐらいでちょうどいいよ。お望みなら、きみらに猿の尻尾を生えさせてやるよ」

「とんでもない！」と、ジョエルの熊が言った。「願いさげです！」

ノエルの熊は退却した。三匹目のは考えていた。

「考えておきます」と、熊は約束した。

ノエルはあくびをした。

「眠いや。自分のベッドに帰るよ」

「ぼくもだ」と、ジョエルが言った。

何分か後には、彼らは眠っていた。ひとりシトロエンだけが目を覚まして、まばたきしながら手を見つめていた。ある仕方でまばたきすると、余分に指が二本生えてくるのだった。明日そいつを兄弟たちに教えてやらなくては。

30

さんなな月十六日

鍛冶屋の小僧は十一歳だった。アンドレという名前だった。首と肩とを荷車の背負い革に通して、全身の力で引っぱっていた。彼のわきでは、犬もまた引っぱっていた。背後では鍛冶屋とその仲間が、道があまりにのぼりのときにはちょっとばかり押しながら——もちろん悪口の一斉射撃を食うことは覚悟しなければならなかったが——ゆったりと歩いていた。

アンドレは肩が痛かった、だが崖の上の大きな家の庭にはいれるのかと思って興奮に震えていた。彼は力のかぎり引っぱった。村の最後の家々がすでに前方にあらわれてきた。赤い小川の表に、古ぼけたラ・グロイールの小舟が走っていた。アンドレはながめた。それはもうあの老人ではなかった。老人とおなじようにぼろを身にまとった、だが赤毛の髭が生えた、変てこな男だった。彼は猫背で、身動きせず、流れのままに漂いながら、なだらかで不透明な水を見つめていた。鍛冶屋と仲間は、陽気な悪口を浴びせた。

小型の荷車に重い鉄板を積んでいたので、引っぱるのにたいそうほねがおれた。鉄板は部厚く、四角い格子がついていて、ずっしりして、互いに組み合わされ、炉の炎で青くなっていた。これが最後の、五回目の旅だった。前の四回はいずれも格子の門の前で車から積み荷を降ろし、別の助手が材料を庭に運びにはいったのだった。今回は、アンドレも、鍛冶屋がなにか要《い》る場合、家と村のあいだを往復するためなかにはいるだろう。

その子の待ちどおしい足に踏みしめられて、道の灰色のリボンは延びていた。輪がきしり、荷車は道の凹凸や轍《わだち》の跡を通るときしゃっくりをした。天気は陰鬱でとらえがたく、太陽は出ていなかったが雨の恐れはなかった。

鍛冶屋は陽気に口笛を吹きはじめた。彼は両手をポケットに突っ込み、急がず進んだ。アンドレは梶棒のあいだで震えていた。もっと速く進めるよう馬になりたかったろう。彼はもっと速く進んだ。心臓の動悸が強すぎるくらいだった。

ついに道の曲がり角にきた。家の高い塀。そして格子の門。

荷車は止まった。アンドレはなかにはいるため車の向きを変えようとしていた、だが鍛冶屋が言った。

「そこで待ってろ」

そして意地悪そうな皮肉な目をした。

「おれたち二人で引っぱっていくからな。おまえはお疲れだろ」

アンドレが背負い革から早く離れようとしなかったので、鍛冶屋は思いっきり一発蹴っとばした。アンドレは悲鳴をあげて、頭を両腕で囲んで塀にぴったり隠れようとした。鍛冶屋は下品に大口を開いて笑った。そして楽々と荷車を引っぱって格子の門を通り、がしゃんとまたそれをしめた。アンドレは輪が砂利を踏みつぶす音がだんだん遠くなるのを聞いた、そしてつぎには風が塀の上部の木蔦《きづた》を揺する音以外なにも聞こえなかった。彼は洟《はな》をすすって、目をこすり、それからすわった。そして待っていた。

脇腹に激しい打撃を受けて彼は目を覚ました、そして一瞬のうちに立っていた。夕闇がしだいに濃くなっていた。親方が目の前にいて、あざわらうようにながめていた。

「おまえははいりたいんだろ、えっ？」と、彼は言った。

アンドレはまだよく目が覚めず、答えなかった。

「はいれよ、そしておれが部屋におき忘れた大槌《おおづち》を取ってこいよ」

「どこにですか？」と、アンドレは尋ねた。

「さっさといかないのか？」と、鍛冶屋は手を上げながら吼《ほ》えた。

アンドレは一目散に駆けだした。大きな庭を見たいと思いながら、足が自分を一直線に家のほうに連れていくのを止めることができなかった。通過しながら、日光がなくて不安な感じを与える広大な空ろな空間を見てとった。彼は石段に着いていた。おびえて立ち止まった。だが、親方の思い出が前に押しやった。大槌を持ってこなくちゃならない。彼はのぼった。

リビングルームに点《とも》された明かりが、鎧戸が開いたガラス窓越しに階段の上に流れていた。ドアはしまっていなかった。アンドレはおずおずとノックした。

「どうぞ！」と、やさしい声が言った。

彼ははいった。目の前に非常に美しい服をきた、かなり大柄の婦人がいた。婦人はにこりともせず彼をながめた。彼女はいくぶん喉を締めつけるような仕方で人を見るのだった。

「親方が大槌を忘れたんです」と、彼は言った。「取りにきました」

「ああそう」と、婦人は言った。「さあ、急いで、坊や」

振り向くと、三つの籠に気がついた。それは家具を取り払った部屋の奥にそびえていた。あまり背の高くない人間にちょうどよいほどの高さだった。部厚い四角な格子がなかの一部を隠していた、だが誰かがそこでうごめいていた。それぞれの籠のなかに、ふんわりした小さなベッドと、肘掛け椅子と、低いテーブルが入れてあった。電灯が外からそれらを照らしていた。大槌を捜そうとしてそばに近寄ったとき、小僧はブロンドの髪に気がついた。彼は婦人が彼のことを監視しているのを感じてもじもじしながら、もっとよくながめた。と同時に、大槌を見つけていた。それを拾おうと身をかがめながら、大きく目を見開いた。相手の視線に出会ったとき、彼は別の子供たちが籠のなかにいるのを知った。なかの一人がなにか頼んだ、そして婦人は戸をあけ、なにかアンドレにはわからないひどくやさしいことを言いながら、その子のそばにはいった。それからまた外に出てくる婦人と視線が合ったので、彼は「奥さまさようなら」を言い、槌の重みに背を曲げながら歩きだした。戸口にさしかかったとき、一つの声が呼びとめた。

「きみはなんて名だい？」

「ぼくの名前は……」と、別の声がつづけた。

それが小僧のきいたすべてだった、というのは乱暴ではないが、きっぱり外に押し出されたからである。彼は石段を降りた。頭のなかが渦巻いていた。そして大きな金の格子の門に達したとき、もう一度最後に振り返った。みんないっしょに、あんなに甘やかしてくれる人がいて、ほかほかと暖かくて愛に満ちた小さな鳥籠のなかにいられたらどんなにすてきだろう。彼はまた村をめざして出発した。他の連中は彼を待っていてくれなかった。背後で、たぶん空気の流れに押されたのだろう、格子の門が重い音をたててしまった。風が格子のあいだを吹き抜けていた。

心臓曲線を描きつづけること

作家
堀江敏幸

　文学作品のタイトルに規範や規制などないのだから命名の自由は誰にでも認められているとはいえ、ボリス・ヴィアンの『心臓抜き』（一九五三）は、字面のうえでも平手打ちみたいな喚起力のうえでも、現代フランス文学のなかでひときわ印象的な事例のひとつに数えられるだろう。ワインの栓抜きや刺抜きなどからの連想で、外科手術に必要な医療器具がただちに思い浮かぶばかりでなく、魂を抜かれたり腰が抜けたりといった、肉体的、精神的な負の状態へ一瞬のうちに落ち込んでしまうような衝撃がここにはある。支配的なイメージはもちろん「死」だろうが、胸部から心臓を抜いたあとあふれ出る鮮血の赤も生々しく眼前にひろがって、物語は八月二十八日の日付を持つ冒頭から、タイトルにふさわしい展開を見せてくれる。

「小道は断崖に沿って走っていた。道の縁にはカラミーヌが花を咲かせ、そしていくぶんしぼんだブルイユーズの黒くなった花びらが地面に散らばっていた。とんがった虫が地面に無数の小さな穴を掘っていた。足の下は、まるで凍え死んだ海綿のようだった。

ジャックモールは急がず道を進み、カラミーヌが暗紅色の心臓を日光に脈打たせるのをながめた。鼓動のたびに、花粉の雲が舞い上がり、ゆらゆらと震える葉の上に落ちた。ぼんやりと、蜜蜂たちは休んでいた」

ジャックモールという名の精神科医が、この物語の主人公だ。彼の名前には仏語で「死《モール》」がはっきりと刻印されており、いわば体内に死を抱えたこの男が歩いてゆく世界のどんづまりの、小さな村の海に面した断崖近くの道は、「凍え死んだ海綿」のように見える。カラミーヌと呼ばれる暗紅色の心臓をもつ花は、ヴィアンが紡ぎ出す幾多の造語のひとつで、言うまでもなく架空の花なのだが、鉱物名でもありエンジンのシリンダーに付着する煤《カラミーヌ》や厄災《カラミテ》の音をかすかに響かせているし、ブルイユーズはヒース＝ブリュイエールや攪乱《ブリュイユーズ》する者にも近いから、舞台はくすんだ色を塗り込めて、物事のはじまりではなく終わりを予感させずにおかない。一方で、崖の色、ジャックモールの髭、彼が訪れる家の階段のタイル、小川の色などがすべて「赤」だというぐあいに、鮮烈な原色にもあふれており、この対比は最後までつづいて、『心臓抜き』の世界内の統一を微妙なゆがみで拒んでいくことになるだろう。

さてジャックモールは、崖の付近を歩いているうち女性の叫び声を耳にし、かけつけてみると、ご婦人が分娩の苦しみにのたうちまわっている。彼は精神科医ではなくにわか産婦人科医として活躍し、結局三つ子の出産に立ち会うことになるのだが、クレマンチーヌというその産婦は徹底した子供嫌いで、子供を孕ませた夫アンジェルをも憎み、二カ月のあいだ別室に閉じこめていた。そのアンジェルに、ジャックモールは自らを「うつろな容積」と評しつつ、精神科医の仕事をこう説明する。「わたしは空なんです。身ぶり、反射、習慣などしかありません。わたしは自分を満たしたいんです。だからこそ、わたしは人びとを精神分析するんです。ですが、わたしの樽はダナイデスの樽です。わたしは同化しません。人びとの思想、コンプレックス、ためらいを取ります、ですがわたしにはなんにも残りません。同化しない、というか同化しすぎる……そいつはおなじことです。もちろん、わたしは言葉、容器、レッテルは取っておきます。わたしは情熱や感動を整理するための用語は知っていますよ、でも自分でそれを感じることはないんです」

心が空っぽだから他人の欲望や願望でそれを埋めたい、と述べるジャックモールの台詞を、ジャズ・トランペッター、評論家、詩人、画家など八面六臂の活躍でその存在を認められながら、小説家としてはついにしかるべき評価をなされずに終わったヴィアンの境涯になぞらえたりするのは安易にすぎるだろう。真の作家は、みな底の抜けた樽で水を汲むような仕事を重ねているのだ。三十九歳で夭折したからといって、また、持病のあった心臓に負荷をかけるようなトランペットを吹きつづけたからといって、ヴィアンをやみくもに神話化する必要はどこにもない。そもそも空隙を埋めていく際限のない仕事を反復しているのはジャックモールだけではない。赤い小川に船を浮かべているラ・グロイールもそうだった。登場人物にヴィアンの影を求めるなら、主人公と同程度にこの脇役も見逃せないのである。人びとが川に投げ入れたものを、ラ・グロイールは網ではなく「歯」でくわえて引き揚げ、その見返りに、金《きん》と恥を与えられているという。この奇怪な交換条件を、彼はなにか悟りに近い姿勢で受け入れている。「死んだ物、あるいは腐った物。そのために人は捨てるのです。しばしば捨てられるようにするため、わざと腐らせておきます。で、わたしは歯でくわえなくてはなりません。それらの物がわたしの歯のあいだでくずれるように。わたしの顔を汚すように」

金はたくさん与えられるが、村人はなにひとつ彼に売ろうとしない。宝の持ち腐れである。きらびやかな虚しさのなかで男は村中の恥を消化し、良心の呵責を、悪徳の責任のいっさいをひきうけなければならない。動物虐待、老人売買など、徳目に反する世界の汚濁は、一切合切、生きた浄化槽とも言うべき彼の「歯」でつかみ取られる。邦訳でこんな指摘をしても詮無いことかもしれないけれど、点ふたつで示されるトレマというフランス語の特殊記号を冠したラ・グロイール gloïre は、それをはずすと読み方が変わってラ・グロワール gloire、すなわち「栄光」となる。黄金に輝く栄光が開かれてもいいはずなのに、たったふたつの点が足枷となって彼の自由を縛りつけているのだ。ラ・グロイール号に乗って不徳の埋め立て地を管理する仕事は、前任者より「もっと恥を抱く者」が引き継ぐことになっており、ジャックモールがこの男に接近したころから、読者はもう、結末をなかば確信するにいたるだろう。
ところでラ・グロイールが「歯」を用いて汚物を引き揚げるというくだりは、「人生は一本の歯のようだ」と題されたヴィアンの詩を否応なしに呼び寄せる。

人生、そいつは一本の歯さ
はじめは　気にもせず
噛むことに満足してる
それが　にわかに悪くなる
痛い目にあうが　がまんする
治療してもらい　そして悩みごと
すっかり　なおしてしまうには
そいつを抜いてしまうんだな
生命をさ
（村上香住子訳、全集第九巻『ぼくはくたばりたくない』より）

ヴィアンのすべての作品がそうであるように、ここでも一見かろやかな言葉遊びが重く痛切な皮肉に転化していく。原語では「人生」と「生命」がいずれも la vie で示されることを生かして、ヴィアンは第一行と最終行で意味をすりかえている。さらに「人生」も「歯」も女性名詞の単数で、それを文法的に受ける人称代名詞がおなじ形になるため、「歯」は「人生」から「生命」への移行をなめらかに進行させる潤滑油にもなっている。歯を、命を、そして心臓を引き抜くこと。立ち行かなくなった人生の抜本的な解決を見るためには歯を抜くことが必要であり、ラ・グロイールは親不知のように生えている特殊記号を抜歯しないかぎり「栄光」に近づくことができない。船で自由を手にし、村を脱出できるのは、妻に閉じこめられていた冴えない夫のアンジェルだけで、彼はアンジェルからエンジェルへの転換を果たして羽ばたいたのだと言えるかもしれない。

しかし本当に飛翔できたのは、じつはクレマンチーヌがあれほど嫌っていた三つ子の息子たち、ジョエル、ノエル、シトロエンだった。村での滞在が六年におよぶころ、ジャックモールは、マリエットという「体内で心臓が、他の動物たちは平凡な器官を宿している場所全体を占めている」鳥たちを介して、三つ子の秘密を発見する。マリエットは空にさまざまな曲線を描きながら飛ぶのだが、その曲線のひとつに、数学でカージオイド——辞書の定義をそのまま引き写せば、「一つの円が他の同大の円に外接しながら転がるときにその円の円周上の一点が描く曲線」となる——があって、特定の点の軌跡がハート形になるために名付けられたその心臓曲線を異様に心臓の大きな鳥たちが描いているところへ、それをかき乱すものとしてかなり体長のある三羽の鳥たちがあらわれるのだ。「心臓」を壊しうる三羽の鳥の正体は、クレマンチーヌの息子たちだったのである。

だからこそ、狂気の愛に目覚めた母親の決断が、私たちを奈落の底にたたき落とす。いちばん分別がありそうに見えた彼女の過保護ぶりを「破壊的」と看破するのは、誰あろう、いまや死んだラ・グロイールにかわって恥を消化する運命を背負ったジャックモールである。息子たちは、最後に巨大な鳥籠に閉じこめられ、自由への道を閉ざされる。

名前に付着したトレマはついにはずすことができなかった。ならば心臓は抜かれたのか。歯のように抜かれてしまったのか。命と引き替えに抜かれた歯の重みを知る者は、たしかにひとりヴィアンである。だが、いま批評家や研究者をふくめた読者の側からヴィアンをめぐって深い共感に満ちた言葉が発せられるのは、彼の死後半世紀も経過した現在もなお、私たちが彼とおなじ空っぽの樽を抱えて生きているからではないだろうか。「心臓抜き」を果たそうとして果たせない虚しさにあふれ、心臓に似た曲線を描きつづけるほかない新世紀にこそ、ヴィアンの作品をたどり直す意味があるのだ。

本書は、一九七〇年に白水社から、一九七九年に早川書房より単行本として刊行された作品を文庫化したものです。

ハヤカワepi文庫は，すぐれた文芸の発信源（epicentre）です。

訳者略歴　1930年生，1996年没，東京
大学文学部仏文科卒，フランス文学者
訳書『パルムの僧院』スタンダール
『なしくずしの死』セリーヌ
他多数

心臓《しんぞう》抜《ぬ》き

〈epi 5〉

二〇〇一年五月三十一日　発行
二〇一六年四月　十五日　二刷
（定価はカバーに表示してあります）

著者　ボリス・ヴィアン
訳者　滝《たき》田《た》文《ふみ》彦《ひこ》
発行者　早川浩
発行所　株式会社早川書房
東京都千代田区神田多町二ノ二
郵便番号　一〇一‐〇〇四六
電話　〇三‐三二五二‐三一一一（大代表）
振替　〇〇一六〇‐三‐四七七九九
http://www.hayakawa-online.co.jp

乱丁・落丁本は小社制作部宛お送り下さい。
送料小社負担にてお取りかえいたします。

印刷・星野精版印刷株式会社　製本・株式会社明光社
Printed and bound in Japan
ISBN978-4-15-120005-2 C0197

本書は活字が大きく読みやすい〈トールサイズ〉です。